edition *fünf*—

Band 1 der edition*fünf*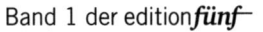

Heldinnen des Glücks
Sieben Geschichten vom Aufbruch

Erzählungen

Ausgewählt und mit einem Nachwort
von Karen Nölle und Christine Gräbe

edition *fünf*

2. Auflage 2013

© 2010 edition *fünf*
Verlag Silke Weniger, Gräfelfing
herausgegeben von Karen Nölle und Christine Gräbe
im Vertrieb bei Edition Nautilus, Hamburg

Gestaltung, Satz und Herstellung Kathleen Bernsdorf, Hamburg
Schriften ITC Charter, Trade Gothic
Druck und Bindung Friedrich Pustet, Regensburg
Printed in Germany

ISBN 978-3-942374-04-0

www.editionfuenf.de

Anna Banti
Das Dorf der Dienstmädchen

Dass die Liebe zum Heimatdorf etwas ist, wofür man sich schämen muss, fast schon eine Sünde, die man verschweigen sollte, erscheint absurd, und doch ist dies die heimliche Überzeugung von mindestens zwanzig Mädchen, die in Rom leben, und man wird nicht erfahren, ob sie sich überhaupt noch an ihr Dorf erinnern, denn es ist schon viel, wenn sie auf die Frage, wo sie geboren sind, die nächstgelegene Kleinstadt angeben, bevor sie mit bitter abwehrendem Lächeln das Thema wechseln. Bei diesen Mädchen ist jede Altersstufe vertreten, von sechzehn bis vierzig und darüber, und sie kennen sich alle. Sie haben auch eine Adresse, von der sie wissen, dass sie sich sonntags dort treffen können, eine Bar im alten Stadtzentrum, die von einem Landsmann betrieben wird. Ein bescheidenes, aber anständiges Lokal, doch sie erwähnen es nie; auch das verschweigen sie, wenn sie können. Übrigens ist ihr ganzes Leben geeignet, verschwiegen zu werden, denn vor allem über eines reden sie, zumindest mit Fremden, überhaupt nicht, und zwar über die Art ihrer Tätigkeit. Kurz und bündig erklären sie, dass sie arbeiten, und damit genug. In die Enge getrieben, präzisieren sie: ›Kellnerin.‹ Doch sie denken: ›Dienstmädchen.‹

Das Dorf der Mädchen sieht aus wie viele andere: ein Gemeindehaus, eine Kirche, ein kleiner Marktplatz, ein paar größere Gebäude und zahlreiche Hütten. Auf seinem Gebirgskamm aus der Ferne hübsch anzuschauen mit der imposanten Schlossruine auf dem Gipfel, wirkt es wie in den Felsen gehauen, und bei Sonnenuntergang entzünden sich auf einigen Fensterscheiben diamantene Strahlen. Talwärts hat es sogar einen Bahnhof, doch den teilt es sich mit einem anderen, tiefer gelegenen Flecken, der im Sommer Urlauber aus der Provinz beherbergt. Mit diesem Bruder hat es außerdem die Apotheke, den Arzt, das Kino und die Hebamme gemeinsam. Letztere braucht es jedoch nie, denn es verlässt sich ausschließlich auf eine bäuerliche Geburtshelferin, die selten gerufen wird. Wenige Kinder kommen dort zur Welt, wo die Bewohner übrigens vorwiegend alt sind, während die Frauen der in den Bergen verstreuten Hirten daran gewöhnt sind, sich allein zu behelfen, wenn sie niederkommen. Die Kirche ist alt und besitzt eine berühmte geschnitzte Madonna, die mit Steinwürfen zu verteidigen die Dorfbewohner jederzeit bereit sind, sobald (wie es ein paarmal geschehen ist) ein Beamter aus der Stadt versucht, sie sich genauer anzuschauen, um herauszufinden, wie gut sie erhalten ist. Nach dem Militärdienst ziehen die jungen Männer entweder mit den Herden in die Berge, oder sie werden nie wieder gesehen, weil sie für immer in den Norden oder ins Ausland ausgewandert sind. Doch Jungen, scheint es, werden in diesem Dorf aus unerfindlichen Gründen immer seltener geboren, daher gibt es das Problem der Arbeits-

8

losigkeit dort nicht; und die Alten leben von dem, was im Gemüsegarten wächst, und von den Zichorien auf den Weiden, während sie das Geld, das sie jeden Monat per Postanweisung erhalten, in den absonderlichsten Nebengelassen verstecken. Die Frauen der Hirten bringen unentwegt Mädchen zur Welt, und die Mädchen hören, nachdem sie im Alter zwischen fünf und zwölf Jahren die Schafe zur Weide gebracht haben, auf, sich Gedanken über die Familie zu machen, weshalb sie ihr Bündel schnüren und sich verabschieden, um als Dienstmädchen in Stellung zu gehen. Es muss gesagt werden, dass ihnen diese Aussicht, solange sie klein sind, eher angenehm als düster erscheint. Die Möglichkeit, jeden Tag gut und ausreichend zu essen, fasziniert sie wie ein schönes Märchen. Im harten Heidekraut, auf dem Weg von einem Ende der Steilhänge zum anderen und den Blick immer auf die widerspenstigste Ziege gerichtet, beißen diese Mädchen in ihre Zwiebel oder in ihren sauren Apfel und werfen sich Worte und Witzeleien zu, die sich alle auf die Zeit beziehen, da die Vesper eine Leckerei sein wird, in drei Jahren, in zwei Jahren, nächstes Jahr. In diesem Alter hat sie niemand vor dem Augenblick gewarnt, da sie in der Stadt, wo sie für ihre erste Lehrzeit untergebracht sind, jemand ansehen und sagen wird: ›Ach, da ist ja wieder eine aus dem Dorf der Dienstmädchen!‹ Ihre Mütter, die diesen langen Weg in der Mehrzahl ebenfalls gegangen sind und schließlich, um nicht bis in alle Ewigkeit Dienstmädchen zu bleiben, in die Heirat mit einem Landsmann und Hirten eingewilligt haben, sprechen niemals über ihre eigene Jugend und die Erfahrungen in der Stadt. Wenn sie mit ihren Töchtern reden, sagen sie: ›Wenn du dann weg bist‹, wie sie es zu einem Sohn sagen würden, der zum Militär muss. Sie sind finster, wortkarg und nicht mehr jung, denn bevor sie sich entschlossen haben, ins Dorf zurückzukehren und bei einem Hirten zu landen, haben sie alle Möglichkeiten ausprobiert und von allen Trugbildern des Stadtlebens gekostet. Mit über dreißig verheiratet und der gescheiterten Hoffnungen und Wünsche überdrüssig, haben sie sich wieder in das raue Landleben gestürzt und jeder Erinnerung an Kultur und Komfort abgeschworen. Außerdem brauchen sie Geld, das wenige Kleingeld, das früher auch sie ihrem Vater und ihrer Mutter geschickt haben und das nun ihre Töchter heranschaffen müssen. Einen anderen Weg gibt es nicht. Nur wenn sie ein Töchterchen zum Bahnhof hinunter begleiten, das magerer und blasser ist als die anderen, murmeln sie einen Fluch. Nicht gegen Gott oder das Schicksal. Sie sagen: ›Verflucht sei dieses Weib!‹

Wer ›dieses Weib‹ ist, weiß man: ein Mädchen aus früheren Tagen, die erste Dorfbewohnerin, die fortging, um sich als Dienstmädchen zu verdingen. Sie hieß Loreta. Heute ist sie wahrscheinlich tot; wenn nicht, müsste sie über achtzig sein. Sie ging frohgemut mit ihrer Baronin fort, einer vornehmen Dame, die eine Erbschaft in das Dorf verschlagen hatte und die im Pfarrhaus wohnte. Der damalige Pfarrer war ein Verwandter von ihr, und er gab ihr als Hilfskraft ebendiese Loreta zur Seite, die es nicht fassen konnte, dass sie zu solchen Ehren kam und sich zudem noch ein paar Heller verdiente. Das stieg ihr zu Kopf, und sie redete nur noch über modische Kleider und Frisuren, so dass sie, als die Baronin abreisen musste, vor ihr auf die Knie fiel, damit sie sie mit in die Stadt nahm, notfalls auch ohne Lohn. Sie ging tatsächlich fort, und zwar so, wie man zu einer Hochzeit geht, und man sah sie dann alljährlich im Sommer wieder, für wenige Tage, so dass es den Anschein hatte, sie sei sich nun zu fein, in ihrem Bett zu schlafen, und wenn sie durch die Dorfgassen mit dem Jaucherinnsal in der Mitte ging, rümpfte sie die Nase und kam nicht umhin, ihre Röcke zu raffen, wie es die feinen Damen zu jener Zeit taten. Nicht dass sich die Leute für diese Allüren begeisterten, ganz im Gegenteil, doch über kurz oder lang waren die Mädchen entzückt von den übertriebenen Rüschen und Kämmchen ihrer früheren Gefährtin. Schon im ersten Sommer klopfte eines an Loretas Tür, um sich zu erkundigen, ob es in der Stadt nicht noch mehr von solchen Baroninnen gebe, die ein Dienstmädchen brauchten. Diese Berufsbezeichnung klang damals nicht beleidigender als die einer Aushilfskraft oder eines Erdarbeiters. Loreta ließ sich lange bitten, schüttelte den Kopf, gab aber wohl irgendein Versprechen, denn zuletzt zog ihre Abreise einige ihrer Dorfgefährtinnen mit. Nach drei oder vier Jahren hatte sich ihre alte Mutter als Vermittlerin von Dienstmädchen einen Namen gemacht und schlug einen recht ordentlichen Gewinn daraus. Die Bedingung war, dass die Mädchen ihr für ihre Gefälligkeiten die Hälfte ihres ersten Monatslohns zahlten.

So unschlüssig die Familien auch sein mochten, ließen sie, getreu der Sitte im Dorf, die eigenen Angelegenheiten geheim zu halten, doch nicht erkennen, wie sie auf die anhaltende und immerhin einträgliche Abwanderung reagierten. Es verstand sich von selbst, dass sich die Mädchen mit ihrem Geld die Aussteuer zusammensparten, aber nach ein paar Dienstjahren in der Stadt wurden die Verlobungen regelmäßig gelöst, und die Verlobten brachen ihrerseits zu den Bergwerken des Rheinlandes oder Belgiens auf. Während ihrer Sommeraufenthalte daheim folgten die Mädchen Loretas Beispiel. Affektiert machten sie spöttische Anspielungen auf ihre früheren Liebhaber und bezeichneten sich als glücklich in ihrer neuen Situation. Es war, als hätten sie sich abgesprochen. Keine zeigte sich unzufrieden mit ihrer Anstellung, vielmehr erzählten alle um die Wette, wie sehr sie ihren Herrschaften und deren reizenden jungen Söhnen zugetan waren. Kaum angekommen, holten sie deren Fotos aus dem Koffer und hängten sie wie Heiligenbilder übers Bett. Sie erklärten, dass sie es kaum erwarten konnten, wieder zurückzufahren, obgleich sie oft Tränen in den Augen hatten, wenn sie in den Zug stiegen. Stillschweigend taten ihre Verwandten dann so, als sähen sie es nicht, und eine kleine Schwester kletterte am Fenster hoch, um der Reisenden ins Ohr zu flüstern: ›Suchst du mir auch eine Anstellung?‹

Die alte Stellenvermittlerin war nun tot, und von Loreta hörte man nichts mehr, doch es gab in der Stadt eine andere Alte, die sich darum kümmerte, dass die Mädchen untergebracht wurden. Es genügte, ihr in einem Brief das Alter der Bewerberin und ihre Fähigkeiten mitzuteilen. Da diese Mädchen mit zwölf oder dreizehn Jahren in der großen Stadt keinen zu unkultivierten Eindruck machen wollten, kamen sie damals in die Kleinstadt, um freche Gören zu hüten und Geschirr zu spülen. Es gab auch einige, die den Anstrengungen nicht gewachsen waren und per Anhalter oder sogar zu Fuß nach Hause zurückkehrten. Doch die Sitte blieb.

Aber etwas änderte sich mit der Zeit trotzdem. So hörten die Mädchen in den Sommerferien zwar nicht mit ihren Zierereien auf und redeten noch immer so, dass man sie kaum verstand, aber sie zeigten sich nicht mehr so begeistert von ihrem Beruf und auch nicht mehr so angetan von den Familien, bei denen sie arbeiteten. Vielmehr lachten sie herzlich über die Ansprüche ihrer Hausherrin und prahlten mit den groben Antworten, die sie gaben. Die Dorfbewohner interessierten sich allerdings nicht für diese Reden, geschweige denn dass sie sich darüber amüsierten, was wiederum den Mädchen nicht gefiel. Also fühlten sie sich aus Trotz bemüßigt, ihre Abneigung gegen die heimatlichen Sitten hervorzukehren. Ihre Verachtung war nicht mehr echt, sondern entrüstet und bitter, denn es entging ihnen keineswegs, dass das Dorf sie stillschweigend verstoßen hatte. Ihre kleinen Racheakte zur Wahrung des Gesichts und die zur Schau gestellten Kleider waren letztlich nichts als das sichtbare Zeichen einer inneren Erniedrigung. Es war gang und gäbe geworden, dass ein junger Mann aus dem Ort, der sich eine Frau nehmen wollte, diese außerhalb des Dorfs suchte, und der Grund dafür war kein Geheimnis. Den Zofen aus der Stadt konnte man nicht trauen; wer sie heiratete, übernahm die abgelegten Reste der feinen Herren. Über diese Meinung waren inzwischen auch die Mädchen im Bilde, und selbst ihre Familien akzeptierten sie, denn sie zu bestreiten und sich über sie aufzuregen hätte nichts genützt. Wer im Dorf der Dienstmädchen als Mädchen zur Welt kam, hatte von klein auf schlechte Karten.

Ausschlaggebend für die Folgen dieser Situation war der Fall von Bona Bonus, der Tochter eines leicht verrückten Hirten und einer Zigeunerin, die es in die Berge verschlagen hatte und die dort geblieben war. Man hat nie erfahren, wo die beiden getraut worden waren, und auch nicht, ob es mit ihrer Heirat seine Ordnung hatte. Ihre Kate im Dorf stand immer leer, Mann und Frau wohnten lieber in provisorischen Hütten, die aus unerfindlichen Gründen nicht zusammenfielen, in der Nähe der Weiden. Außerdem hatte sich die vagabundierende Lebensweise der Frau auf den Mann übertragen, der unter dem Vorwand, ein paar seiner Besen und Körbe verkaufen zu wollen, oft für lange Zeit aus der Hütte verschwand und die Herde der Obhut seiner Kinder und der Zigeunerin überließ, die nicht lange fackelte, wenn es ihr ihrerseits in den Sinn kam, sich zu verabschieden. Die Kinder erreichten das zehnte Lebensjahr; dann begannen sie zu sterben, doch es blieben noch genug übrig, so dass es von Tag zu Tag schwieriger wurde, sie zu ernähren. Dieses Problem lösten wohl oder übel und schlimmstenfalls mit Fasten die Mädchen der Kinderschar, die schon im zartesten Alter die Hausfrau und auch die Wäscherin und das Kindermädchen ersetzen mussten, weil ihre Mutter, wenn sie wieder auftauchte, oft schwanger war. Bona war die älteste der Schwestern. Schweigsam und tüchtig bei der Hausarbeit, wenn ihr der Sinn danach stand, schlug sie sich mit vielen Fausthieben und kräftigen Fußtritten durch, die sie reihum austeilte, sowie mit Kräutersuppen, deren Zubereitung sie niemand gelehrt hatte, die jedoch den Magen der Schar füllten. Sie hasste ihre Mutter, wenn sie nicht da war, doch sobald sie sie auf dem Weg zur Hütte erblickte, war sie ihr auf der Stelle ergeben und zugetan. Sie hielt nichts von Plaudereien, führte aber lange Gespräche mit den Ziegen. Sie hatte allein schreiben und lesen gelernt, indem sie sich Fibeln und Papier zusammengeklaubt und sich aus Beeren Tinte ge-

14

macht hatte. Sie versuchte sich in sämtlichen Tätigkeiten mit einer eigensinnigen Fantasie, die manchmal ausuferte, wenn sie sich und ihre Geschwister mit Stofffetzen, alten Zeitungen, Weinlaub und Ginster verkleidete und merkwürdige Tänze und Prozessionen veranstaltete.

Diese Bona wurde sechzehn Jahre alt, ohne je darüber nachzudenken, was sie tun würde, wenn sie groß war, und ob es ihr gefallen könnte, dem Beispiel der Mädchen aus dem Dorf zu folgen, in das sie hinunterging, um Salz und Lampenpetroleum zu besorgen. Doch so wenig sie darüber nachgedacht hatte, so schnell fasste sie dann ihren Entschluss. An einem stürmischen Vormittag schien ihr der Wind dabei zu helfen, ihre Lumpen zusammenzupacken und sich aus den Umarmungen, die sie reihum an die zwei Brüder und drei Schwestern verteilte, zu lösen. Und schon sahen sie sie fortfliegen, ihr Bündel auf dem Kopf, dem Tal entgegen. Es war noch keine Woche vergangen, als im Postamt des Dorfs ein länglicher veilchenblauer Brief eintraf. In Bonas Handschrift stand darin geschrieben, dass sie in einem luxuriösen Haushalt lebe, zufrieden sei und sich schon ein neues Kleid zugelegt habe. Ihr Vater (der zu jener Zeit wieder einmal aufgetaucht war) entzifferte den Brief, während er seine Besen band, und vergaß ihn dann zwischen der Mohrenhirse.

Bona log nicht, sie hatte es gut getroffen. Ihre bereitwillige Art und die schnelle Auffassungsgabe, mit der sie Worte erfasste und in konkrete Taten umsetzte, hatten großen Eindruck auf die Stellenvermittlerin und auf die erste Kundin gemacht, die nach einem jungen Mädchen für alles gefragt hatte. Sie stürzte sich auf die städtischen Sitten und eignete sie sich

mit einem nahezu verächtlichen Lächeln an. Sie, diese über-
eifrige schmale Gestalt, war sich ihrer Sache so sicher, dass sie
sich mühelos gegen ihre verblüffte Herrin durchsetzte. Sie tat,
was sie wollte, doch was sie wollte, betrieb sie bis zur Perfek-
tion und mit der leichten Hand eines Kobolds. Wie in der heimatlichen Hütte glückte ihr alles, wenn ihr danach war, und
sie arbeitete für drei. Daher sah man ihr ihre Launen nach und
übte sich in Geduld, wenn sie, anstatt das Mittagessen vorzubereiten, es sich in den Kopf setzte, das elektrische Bügeleisen
zu reparieren oder ein Hemdchen für die Herrin zu nähen. Mit
der gleichen Ungeniertheit und Leichtfertigkeit verstand sie
es, sich aus der ersten Anstellung zu verabschieden, um als
vornehmeres Hausmädchen in eine zweite zu wechseln, und
so gelangte sie zu der Überzeugung, dass sie so viel wert war
wie all ihre Gefährtinnen aus dem Dorf zusammen und dass
deren trauriges Schicksal und deren Unfähigkeit, sich in der
Stadt oder auf dem Land gut zu verheiraten, auf ihre träge
und ungeschliffene Nichtsnutzigkeit zurückzuführen war. Es
hatte ihr genügt, sonntags ein paarmal das Geschwätz der
Kameradinnen (die allerdings nicht viel sagten) in der Bar
mitanzuhören, um zu verstehen, warum es keiner von ihnen
gelang, einen Mann zu finden. Nicht weil sie sich, wie im Dorf
gemunkelt wurde, irgendwie unanständig benahmen, ganz
im Gegenteil. Fast alle waren brave Töchter, ehrbare Mädchen, eher abweisend und sogar handgreiflich, wenn die ›Verlobten‹ aus der Stadt sich Vertraulichkeiten herausnahmen
oder gewisse Reden führten. Trotzdem verliebten sie sich bis
über beide Ohren, eifersüchtig wie Katzen, und die heftigen
Stöße, mit denen sie die kühnsten Angriffe abwehrten, waren

so ungestüm wie die leidenschaftlichsten Zärtlichkeiten. Gerade dieser Widerstand ließ die Verlobten überdrüssig werden. Sie begannen, die Verabredungen zu versäumen und lieblos und ungeduldig einen Schritt vor ihnen herzugehen, während sie alle Vorschläge für einen vergnüglichen Zeitvertreib, den die Ärmsten ihnen tapfer unterbreiteten, in den Wind schlugen. Schließlich gaben sie ihnen zu verstehen, dass es keinen Sinn habe, noch länger so weiterzumachen, niemals würden sie ein Dienstmädchen heiraten. Von diesem Augenblick an konnte sich der Mann nicht mehr frei bewegen, nicht einmal unbemerkt einen Schnupfen bekommen oder allein einen Ausflug machen. Das Mädchen wartete stundenlang auf ihn und lauerte ihm vor der Werkstatt oder vor der Schenke auf. Die eine oder andere wagte sich auch bis zu ihm nach Hause vor, wo es nicht selten geschah, dass eine empörte Ehefrau sie mit Schmähungen überhäufte. Nur angesichts solcher Katastrophen kapitulierten Bonas Gefährtinnen, traurig, mit gesenktem Kopf. Doch sie lernten nichts aus diesen Erfahrungen. Nachdem sie die Stellung gewechselt hatten und ans andere Ende der Stadt gezogen waren, dauerte es nicht einmal einen Monat, bis eine neue Liebesgeschichte ihnen den Kopf verdrehte. Wenn eine der Dörflerinnen am Sonntag zwischen drei und vier Uhr nachmittags nicht in der Bar erschien, wussten die anderen, was sie davon zu halten hatten, und dass eine neue ›Verlobung‹ ihren Anfang nahm. Sie würde so lange dauern wie üblich und mit der üblichen Enttäuschung enden. Dennoch blitzte ein Funken Hoffnung, wohl auch mit etwas Neid gepaart, in ihren schwarzen Augen auf, die sich sogleich wieder auf den Brief senkten, den sie gerade nach Hause schrieben. Nie hätten sie es gewagt, ihn rasch im Haus ihrer Herrschaften zu Papier zu bringen. Wer weiß, dachten sie, ob es nicht eines Tages einer aus dem Dorf gelang, sich von einem schönen jungen Mann aus der Stadt heiraten zu lassen, der einen sicheren Arbeitsplatz hatte. Vielleicht wäre das für alle das Ende ihrer Misere.

All dies hatte Bona vom ersten Moment an erkannt und erwogen, und vom ersten Moment an hatte sie sich vorgenommen, dem Verhängnis ein Ende zu setzen. Sie wusste noch nicht wie, doch sie war überzeugt davon, dass sie einen Weg finden würde, zu erkunden, nach welchem System man sich einen Mann angelte. Sie war noch keine achtzehn, es hatte keine Eile, sie wollte sich erst einmal umsehen und sorgfältig auswählen. Aber die Eile kam mit dem Gesicht von Sergio, einem Mechaniker und Sportler aus Florenz, der, wie man sich erzählte, auch als Ersatzmann in einer Fußballmannschaft gespielt hatte. Einen Mann mit so blonden Haaren und so blauen Augen hatte Bona noch nie gesehen, und sie starrte ihn mit ihren pechschwarzen Augen an, als hätte sie eine Jahrmarktsattraktion vor sich. Unterdessen war ihr schon durch den Kopf gegangen, dass er und kein anderer ihre Eroberung sein sollte.

Der Anfang war so leicht, dass Bona sich beinahe langweilte. Sergio stand stets auf dem Gehsteig direkt vor dem Haus, als hätte er sonst nichts zu tun, und Bona sagte ihm dies auf den Kopf zu, wobei sie verächtlich die Unterlippe verzog. ›Schuld daran‹, antwortete der junge Mann, ›sind Sie, Signorina. Sie sind der Grund, weshalb ich all meine Angelegenheiten vernachlässige.‹ In Rom spricht man ein junges Mädchen mit Du an. Dieses ›Sie‹ des Florentiners, seine respektvolle Art zu reden, seine stets akkurat gebügelten Hosen und das Goldkettchen mit dem kleinen Kreuz, das aus dem Hemdausschnitt à la Robespierre hervorlugte, steigerten Bonas Aufregung. Am darauffolgenden Sonntag erschien sie nicht in der Bar der Altstadt.

Ihre Gefährtinnen begannen die Wochen zu zählen, dann die Monate. Sie trafen Bona nur zufällig. Immer damit beschäftigt, ihre Stellung zu wechseln, zuweilen außer Atem wie damals, als sie die Schafe hütete, doch öfter noch elegant von den frisch gewellten Haaren bis zu den feinen Schuhen, wie aus dem Modejournal, an der Seite ihres jungen Mannes, geschniegelt und gebügelt auch er. Um die Wahrheit zu sagen, es war nicht gerade so, dass der junge Mann sich sonderlich begeistert zeigte. Nun gut, er benahm sich nicht so rüpelhaft wie einer, der die Nase voll hat und nach Ausflüchten sucht, um sagen zu können: Na, dann bis später, ich muss jetzt gehen. Doch er schien sich, trotz seiner Bügelfalten, ermattet hinter Bonas Rockzipfel herzuschleppen, die ihrerseits einen Schritt vorwegging. Die Dörflerinnen wagten es natürlich nicht, sie anzuhalten, wenn sie so in Begleitung war, doch schließlich fanden sie eine Gelegenheit, um sie zu fragen: ›Wann wirst du denn nun heiraten?‹ Worauf sie erwiderte: ›Ich habe mich noch nicht entschieden, ich weiß gar nicht, ob ich richtig verliebt bin.‹

Diese Antwort verärgerte und machte auch wütend. Jetzt übertrieb sie aber, die Bona! Was bildete sie sich den anderen gegenüber denn ein, dass sie sich erlaubte, sich auch noch zu zieren? ›Die Trauben sind sauer‹, höhnten einige, doch manche merkten an, dass dieses Mädchen etwas Besonderes sei, es tue sich damit hervor, nachts sogar einen Roman zu schreiben, und seine derzeitigen Herrschaften erlaubten ihm, erst um zehn Uhr vormittags aufzustehen. Kurz, alles gelinge ihm, und gewiss habe es ein Zaubermittel gefunden, um die Männer zu verhexen, nicht umsonst sei seine Mutter eine Zigeunerin. Mit solcherlei Gedanken im Kopf spannen sie, eher aufgewühlt als neidisch auf das vermeintliche Glück ihrer Freundin, ein Netz von Nachforschungen, die zum Erfolg führten, das heißt zur Entdeckung des Geheimnisses, mit dem Bona den Florentiner an sich band. Es war ein billiges Geheimnis, doch es kostete viel.

Sie fanden es mühelos heraus; die Mühe bestand nicht darin, es herauszufinden, sondern darin, es in die Praxis umzusetzen; dennoch probierten alle es aus und gingen nicht mehr davon ab. Im Grunde war es das Ei des Kolumbus: Es genügte, heute eine schöne Krawatte zu kaufen und morgen einen seidenen Schal, und immer so weiter bis hin zur goldenen Uhr und dem Armband mit Erkennungsplättchen nach amerikanischer Art. Das Gute daran war, dass der Mann, wenn er keiner von denen war, die auf so etwas eingehen, beleidigt war und sogleich verschwand, so dass dem Mädchen nicht genug Zeit blieb, sich in ihn zu verlieben. Doch an diese Mädchen hängten sich stets Kerle, bei denen sie es kaum glauben konnten, dass sie nach ein paar Zierereien ja sagten, und die sich im Zuge der Gewohnheit am Ende nicht einmal bedankten. Es bestand nicht wie früher die Gefahr, dass sie verschwanden, und es war unwahrscheinlich, dass sie ein Stelldichein im Stundenhotel vorschlugen. Diese Verlobten wirkten geradezu wie Ehemänner, so pünktlich, wie sie stets am selben Ort warteten, und sie entwickelten eine solche Unbefangenheit, dass nicht viel gefehlt hätte, und sie hätten den Mut aufgebracht, statt des üblichen kleinen Geschenks einen großen Geldschein zu fordern. Nicht dass die Mädchen dumm gewesen wären oder ihr angeborenes Misstrauen eingebüßt hätten. Der Verdacht, an der Nase herumgeführt und betrogen zu werden, ließ sie nicht los. Aber wie konnten sie nun noch auf die Sicherheit einer solchermaßen garantierten und erkauften Gesellschaft verzichten? Je größer das Opfer war, umso berechtigter schienen die Hoffnungen. Der große Geldschein diente als Einschreibgebühr, Verwaltungsabgabe oder Trinkgeld, um die Stellung zu bekommen, die es dem Arbeitslosen ermöglicht hätte, zu heiraten und eine Familie zu gründen.

Man sollte jedoch nicht annehmen, dass die Gefährtinnen aus dem Dorf sich, nachdem sie alle Bonas Geheimnis entdeckt und für sich angewandt hatten, untereinander ausgesprochen hätten. Jede glaubte, die Einzige zu sein, und verurteilte in scharfen Worten das Beispiel der anderen Närrin, die ihren Lohn an einen Schurken, wie inzwischen klar war, vergeudete. Sie ereiferten sich: ›Habt ihr gesehen, sogar einen Trenchcoat nach dem letzten Schrei hat sie ihm bezahlt. Jetzt schenkt sie ihm auch noch Seidenhemden mit Monogramm!‹ Bis sie eine nach der anderen dieses Spiels, das zu nichts führte – weder zur Hochzeit noch zu einer jener Szenen, die sie früher wenigstens getröstet hatten –, schließlich überdrüssig wurden.

Bona hingegen schien immer weiter fortzusegeln und allen Unwettern zu trotzen. Sie hatte immer noch denselben Freund, und jetzt sagte sie, ja, sie werde ihn heiraten, doch sie brauche viel Geld, denn er sei nicht geeignet, als Angestellter zu arbeiten. Unterdessen gingen sie, beide wie die vornehme Jugend gekleidet, im Sommer ins Bad nach Ostia und im Winter zum Dancing, je nach der Saison, vom Kino ganz zu schweigen. ›Wie macht sie das bloß?‹, tuschelten ihre Gefährtinnen. Und wie um ihren Zweifeln entgegenzutreten, erwähnte Bona beiläufig, wie bequem doch das System sei, für die Sachen pro Monat nur soundsoviel abzuzahlen, man merke es gar nicht. Die Gefährtinnen widersprachen nicht, doch sie waren davon überzeugt, dass sie es gemerkt hätten, und nicht zu knapp. Das letzte Prunkstück des Paars war eine funkelnagelneue rote Lambretta, auf der sie durch die Stadt brausten.

Sie geriet in Schwierigkeiten, die Bona. Als ihr Landsmann, der die Bar besaß, sie im Laufschritt ankommen sah, als sei sie aus dem Fenster gefallen, zerrauft und halb angezogen, hatte er das Gefühl, wieder ins Dorf zurückversetzt zu sein, wo die Hirtenmädchen genauso herumlaufen, wie sie von ihren Laubbetten aufstehen, und sich nur sonntags kämmen. Sie schrie wie eine Verrückte, während sie seine Hand ergriff und ihn fast schon mitzerrte, damit er ihr half, diesen Schuft von Sergio anzuzeigen, der sie um die Lambretta, das Radio und auch um hunderttausend in bar geprellt hatte, um ihre Geschenke, ihr Hab und Gut, und jetzt behaupte er, sie nie erhalten zu haben. ›Welcher Sergio?‹, fragte der Barbesitzer aus Höflichkeit und um Zeit zu gewinnen, damit sie sich beruhigte. Dabei hatte er bereits alles verstanden. Bona antwortete ihm gar nicht erst und fuhr fort, ihn zu beschwören, er möge sie zur Polizei begleiten, zu den Carabinieri, um den Kerl auf der Stelle ins Gefängnis zu bringen, damit er für alles büße.

In der Hand hielt sie einen auseinandergefalteten Brief, den sie, um sich ihr Haar zu ordnen, auf die Theke legte, als flaue der Sturm, der sie bis dahin beherrscht und aufgewühlt hatte, nun ab. So hatte der Barbesitzer gerade genug Zeit, um von der Seite aus die wenigen Worte zu entziffern, die den Kern des Dramas ausmachten: ›Ich kann doch kein Dienstmädchen heiraten.‹

Geraume Zeit nach diesem hitzigen Nachmittag wurde Bona von niemandem mehr gesehen, und es wusste auch niemand, wo sie geblieben war. Sie war nicht ins Dorf zurückgekehrt. Da man sie als waghalsig und absolut unerschütterlich kannte, hieß es, sie sei vielleicht in eine andere Stadt gezogen. Der Barbesitzer hatte die Geschichte unauffällig – hier ein Wort und dort eine Bemerkung – unter die Leute gebracht, doch die Gefährtinnen aus dem Dorf hatten keine Lust, darauf einzugehen, dazu waren sie viel zu bestürzt. Zu dieser Zeit traten einige von ihnen einer Gemeinschaft von Nonnen bei, in der religiöse Exerzitien stattfanden und Vorträge über die Rechte der Hausangestellten mit sämtlichen gesetzlichen Neuerungen gehalten wurden. Nach ein paar Monaten begann man jedoch zu munkeln, dass Bona gesehen worden sei und keineswegs allein, sondern an der Seite ihres alten Freundes. ›Ach so‹, sagte der Barbesitzer und fügte nichts mehr hinzu. Doch das Paar war nicht mehr so auffällig wie früher und fuhr auch nicht mehr mit der Lambretta umher. Er war schlicht gekleidet und wirkte etwas mitgenommen und gealtert mit seinem blonden Haar, das nun mondbleich aussah. Sie war noch hagerer, doch auch herrischer. War sie früher einen Schritt vor ihm gegangen, so waren es jetzt zwei, und ihr Gesicht verriet, dass sie ihn geringer schätzte als einen Hund. Sie war es, die das Geld aus der Handtasche zog, um die Straßenbahn, die Zeche oder das Kino zu bezahlen. Zu diesen Dingen, die bei zufälligen Begegnungen beobachtet wurden, kam die Nachricht, dass Bona ein Zimmer auf ihren Namen gemietet habe, doch nicht sie wohne darin, sondern Sergio. Er war nach wie vor arbeitslos, und sie hatte ihm einen kleinen Petroleumkocher gekauft, auf dem er sich die Mahlzeiten zubereitete. Morgens, wenn sie einkaufen ging, brachte Bona ihm schnell ein Stückchen Kalbfleisch, Obst, Zigaretten und ein paar Zeitungen vorbei. In Erwartung der unauffindbaren Arbeit verbrachte Sergio seine Tage rauchend und lesend auf dem Bett; er ging nicht gern aus, und Bona war froh, ihn hier zu wissen, wo er treu und brav auf sie wartete. Sonntags kam sie dann am frühen Nachmittag herauf, um gründlich sauberzumachen, seine Wäsche zu waschen und zu bügeln. Aber in diesen Stunden wollte sie ihn nicht um sich haben und schickte ihn allein ins Kino, damit die Vermieterin nicht herumerzählte, dass sie Schweinereien mache. Wenn Sergio aus dem Kino zurückkam, saß Bona mit den Händen im Schoß abgekämpft neben den gebügelten Hemden in dem aufgeräumten, blitzblanken Zimmer. ›Welchen Film hast du gesehen?‹, erkundigte sie sich. Aber schon war sie aufgestanden, und schon zog sie sich den Mantel an, und so im Stehen ließ sie sich manchmal den Film erzählen. Zehn Minuten, dann ging sie fort, leicht gebeugt, mit vor Müdigkeit schleppendem Schritt und mit dem Bündel von Sergios Strümpfen, die gestopft werden mussten. Sie stopfte sie bei Nacht, auf dem Bett sitzend, und sie schrieb keine Romane mehr.

Nach diesen Nachrichten war Bona für die Dörflerinnen so gut wie verheiratet. Früher oder später würde sie richtig heiraten, hieß es. Aber kaum hatte Bona Wind davon bekommen, geriet sie auf ihre alte Art in Zorn. Was glaubten denn diese unglückseligen Weiber, die jeden Monat einen neuen Verlobten hatten? Sie würde heiraten, jawohl, aber als anständiges Mädchen, mit Schleier und Orangenblüten, die sie erhobenen Hauptes tragen konnte. Und außerdem, falls sie das auch noch interessiere, sei sie jedenfalls kein Dienstmädchen mehr, sondern Krankenschwester, in einem freien Beruf. Sie arbeite in einem Lungensanatorium und mache die Nachtdienste, weil man da mehr verdiene. Man gebe ihr auch zu essen und einen Platz zum Schlafen, sie könnten sich erkundigen und sich ein Beispiel an ihr nehmen, wenn sie den Mut dazu hätten. Aber sie hätten ja Angst vor der Ansteckungsgefahr, nicht wahr? Sie aber nicht, sie habe ein dickes Fell.

So barsch angefahren, eine nach der anderen, hörten die Mädchen aus dem Dorf der Dienstmädchen auf, sich mit Bona zu befassen, die ihnen eigentlich mehr Angst machte als die Ansteckungsgefahr. Sie fuhren allerdings in der von ihr erlernten Unsitte fort, verzweifelt Krawatten und Pullover zu verschenken, und jedes Mal, wenn im Lokalteil der Zeitungen über den Selbstmord oder den gewaltsamen Tod einer unbekannten jungen Frau berichtet wurde, dachten sie, dass die Tote – wer weiß? – vielleicht Bona sei. Im Dorf hingegen wusste man bereits, dass sie plötzlich gestorben war, an einem Blutsturz, ganz normal.

Aus dem Italienischen von Karin Krieger

Alice Munro
Meneseteung

I

Arme voll Blutwurz,
Monarde, Akelei
Pflücken wir selig
Und singen dabei.

Offerings, Gaben, heißt das Buch. Goldbuchstaben auf einem mattblauen Umschlag. Darunter der vollständige Name der Verfasserin: Almeda Joynt Roth. In der Lokalzeitung *Vidette* nannte man sie »unsere Poetin«. Es klingt nach einer Mischung aus Respekt und Verachtung, für beides, ihre Berufung und ihr Geschlecht – oder für deren wenig überraschendes Zusammentreffen. Vorne im Buch ist eine Fotografie, unten in einer Ecke der Name des Fotografen und das Datum 1865. Das Buch erschien später, 1873.

Die Poetin hat ein langes Gesicht; eine ziemlich lange Nase; große, ernste, dunkle Augen, die aussehen, als wollten sie ihr wie riesige Tränen über die Wangen rollen; volles dunkles Haar, das sie in schlaffen Korkenzieherlocken und Schlaufen ums Gesicht trägt. Eine deutlich sichtbare graue Strähne, obschon sie auf diesem Bild erst fünfundzwanzig ist. Kein hübsches Mädchen, sondern der Typ Frau, deren Aussehen mit dem Alter nicht leidet, die wahrscheinlich nicht dick wird. Sie trägt ein dunkles, mit Biesen und Zöpfen verziertes Kleid oder Jackett, dessen tiefer V-Ausschnitt von einem seidigen, schlaffen weißen Stoffbausch – Rüschen oder einer Schleife – ausgefüllt ist. Sie trägt auch einen Hut, der aus Samt sein könnte und dessen dunkle Farbe zum Kleid passt. Der formlose, unverzierte Hut, der einer weichen Baskenmütze ähnelt, lässt mich in dieser jungen Frau, deren langer Hals und nach vorn geneigtes Haupt auch zeigen, dass sie groß und schlank und ein wenig ungelenk ist, künstlerische Ambitionen erkennen oder zumindest eine schüchterne, hartnäckige Exzentrizität. Von der Taille aufwärts gleicht sie einem jungen Edelmann aus einem anderen Jahrhundert. Doch vielleicht entsprach das der Mode.

»Im Jahre 1854«, schreibt sie im Vorwort ihres Buches, »nahm mein Vater uns – meine Mutter, meine Schwester Catherine, meinen Bruder William und mich – mit in den (damals noch) wilden Westen Kanadas. Mein Vater war Sattler von Beruf, aber ein kultivierter Mann, der auswendig aus der Bibel, aus Shakespeare und den Schriften Edmund Burkes zitieren konnte. Ihm erging es gut in diesem neu erschlossenen Land, und er war bald in der Lage, ein Lederwaren- und Sattlergeschäft zu eröffnen und nach einem Jahr das komfortable Haus zu bauen, in welchem ich noch heute (allein) lebe. Ich war vierzehn Jahre alt, das älteste der Kinder, als wir in diesen Landstrich zogen, aus Kingston kommend, einer

Stadt, deren hübsche Straßen ich nie wieder gesehen habe, an die ich aber oft zurückdenke. Meine Schwester war elf und mein Bruder neun. In unserem dritten Sommer hier erkrankten mein Bruder und meine Schwester an einem Fieber, das umging, und starben im Abstand von wenigen Tagen. Meine liebe Mutter erholte sich nicht wieder von diesem Schlag für die Familie. Mit ihrer Gesundheit ging es bergab, und drei Jahre später starb auch sie. Fortan führte ich meinem Vater den Haushalt und bereitete ihm zwölf Jahre lang zufrieden ein Heim, bis er plötzlich eines Morgens in seiner Werkstatt starb.

Die Dichtkunst hat mich von frühester Kindheit an begeistert, und ich habe mich in aller Unbeholfenheit häufig an eigenen Versen versucht – und damit so manches Mal meinen Kummer besänftigt, der, wie ich weiß, nicht größer war als der Kummer, den jeder Erdenbewohner zu erdulden hat. Im Übrigen waren meine Finger immer zu ungeschickt für Häkelarbeiten; und jene zierlichen Stickereien, die man heute oft sieht – die überquellenden Obst- und Blumenkörbe, die kleinen Holländerknaben, die Mädchen mit Häubchen und Gießkanne –, erwiesen sich gleichfalls als zu schwierig für mich. Deshalb bringe ich stattdessen als Produkt meiner Mußestunden diese schlichten Denksprüche, diese Balladen, Couplets, Betrachtungen dar.«

Titel einiger Gedichte: »Kinder beim Spiel«, »Zigeunermarkt«, »Ein Besuch bei meiner Familie«, »Engel im Schnee«, »Champlain an der Mündung der Meneseteung«, »Das Verschwinden des alten Waldes« und »Ein Garten-Potpourri«. Außerdem weitere, kürzere Gedichte über Vögel, Wildblumen und Schneestürme. Ein lustig gemeinter Knittelvers darüber, woran Leute denken, während sie in der Kirche der Predigt lauschen.

»Kinder beim Spiel«: Die Verfasserin, ein Kind, spielt mit ihrem Bruder und ihrer Schwester – eines jener Spiele, bei denen Kinder auf verschiedenen Seiten versuchen, einander zu locken und zu fangen. Sie spielt in der tiefer werdenden Abenddämmerung weiter, bis sie merkt, dass sie allein ist, und viele Jahre älter. Trotzdem hört sie die (geisterhaften) Stimmen ihrer Geschwister rufen. Komm rüber, komm rüber, Meda soll rüberkommen. (Vielleicht hieß Almeda in der Familie Meda, oder vielleicht hat sie ihren Namen abgekürzt, damit er ins Versmaß passte.)

»Zigeunermarkt«: Die Zigeuner haben ein Lager in der Nähe der Stadt aufgeschlagen, einen »Markt«, wo sie Kleidung und billigen Schmuck verkaufen, und die Verfasserin als Kind hat Angst, dass sie von ihnen geraubt, ihrer Familie entrissen werden könnte. Stattdessen ist ihr die Familie entrissen worden, von Zigeunern geraubt, die sie nicht finden und mit denen sie nicht verhandeln kann.

»Ein Besuch bei meiner Familie«: Ein Besuch auf dem Friedhof, ein einseitiges Gespräch.

»Engel im Schnee«: Die Verfasserin hat ihren Geschwistern einst beigebracht, »Engel« zu malen, indem man sich im Schnee lang ausstreckt und die Arme auf und ab bewegt, so dass sich flügelförmige Spuren bilden. Ihr Bruder stand immer ungeschickt auf und hinterließ einen Engel mit einem verkrüppelten Flügel. Wird dieser im Himmel ganz gemacht werden, oder wird er dort mit dem mitgebrachten verkümmerten Flügel immer im Kreis fliegen müssen?

»Champlain an der Mündung der Meneseteung«: Das Gedicht feiert den verbreiteten, unzutreffenden Glauben, dass der Forschungsreisende am östlichen Ufer des Lake Huron entlanggesegelt und an der Mündung des Flusses gelandet sei.

»Das Verschwinden des alten Waldes«: Eine Liste aller Bäume – ihrer Namen, Gestalten und Nutzungsformen –, die in den kanadischen Urwäldern gefällt wurden, dazu eine allgemeine Beschreibung der Bären, Wölfe, Adler, Wasservögel und Hirsche.

»Ein Garten-Potpourri«: Womöglich als Gegenstück zum Waldgedicht gedacht. Ein Katalog der aus Europa mitgebrachten Pflanzen mit eingeflochtenen Episoden aus Geschichte und Legende, wobei sich das eigentlich Kanadische aus dieser Mischung ergibt.

Die Gedichte sind in Quartetten oder Couplets verfasst. Sie hat sich auch an einigen Sonetten versucht, aber größtenteils ist das Reimschema einfach – *a b a b* oder *a b c b*. Verwendet werden die früher so genannten »männlichen« Reime (»Fluss«/»Verdruss«), nur gelegentlich sind sie »weiblich« (»Ende«/»Wende«). Sind das noch vertraute Begriffe? Kein Gedicht ist ohne Reim.

II

Weiße Rosen kalt wie Schnee
Blühen, wo die »Engel« liegen.
Ob sie wohl, hier unterm Klee,
Dort vor Gottes Antlitz fliegen?

1879 lebte Almeda Roth noch immer im Haus an der Ecke Pearl
Street und Dufferin Street, dem Haus, das ihr Vater für seine
Familie gebaut hatte. Das Haus steht noch heute; der Filialleiter des Spirituosengeschäfts wohnt darin. Die Wände sind mit
Aluminium verkleidet; ein geschlossener Wintergarten hat die
Veranda ersetzt. Der Holzschuppen, der Zaun, die Gartentore,
das Plumpsklosett, die Scheune – das alles ist verschwunden.
Eine Fotografie aus den 1880ern zeigt sie noch alle. Haus und
Zaun sehen ein bisschen schäbig aus, als hätten sie einen Anstrich nötig, aber vielleicht liegt das nur an der ausgeblichenen, bräunlichen Fotografie. Die Fenster mit ihren Spitzengardinen sehen aus wie weiße Augen. Weit und breit ist kein
großer, Schatten spendender Baum zu sehen, und tatsächlich
haben die hohen Ulmen, die das Städtchen bis in die fünfziger
Jahre überschatteten, noch dünne junge Stämme, die durch
primitive Bretterzäune vor den Kühen geschützt werden müssen. Ohne den Blickschutz durch diese Bäume liegt vieles offen zutage – Hinterhöfe, Wäscheleinen, Holzstapel, geflickte
Schuppen und Scheunen und Plumpsklosetts, und alles wirkt
kahl, schutzlos und provisorisch. Die wenigsten Häuser hatten
so etwas wie einen Rasen, höchstens eine Fläche mit Wegerich und Ameisenhaufen und geharkter Erde. Vielleicht Petunien in einem runden Kübel auf einem Baumstumpf. Nur die
Hauptstraße ist gekiest; die anderen Straßen sind unbefestigt,
je nach Jahreszeit matschig oder staubig. Gartenzäune müssen sein, um Tiere fernzuhalten. Kühe sind auf leeren Grundstücken angebunden oder haben hinten auf den Grundstücken kleine Weiden, aber bisweilen reißen sie sich los. Auch
Schweine reißen sich los, und Hunde streunen frei herum

oder machen sich auf den hölzernen Bürgersteigen breit zu einem Schläfchen. Das Städtchen hat Wurzeln gefasst, es wird nicht mehr verschwinden, doch in mancher Hinsicht sieht es noch wie ein Lager aus. Und wie in einem Lager herrscht immer Betrieb – überall sind Menschen, die innerhalb des Ortes alle Wege zu Fuß erledigen; überall sind Tiere, die Pferdeäpfel, Kuhfladen und Hundehaufen hinterlassen, weshalb die Damen ihre Röcke schürzen müssen; der ganze Ort ist lärmerfüllt, von den Baustellen, von Fuhrleuten, die ihre Pferde anschreien, und von den Zügen, die ein paarmal am Tag ankommen.

Dieses Leben habe ich in der *Vidette* beschrieben gefunden.

Die Bevölkerung ist jünger als heute, als sie je wieder sein wird. Leute über fünfzig kommen kaum an einen unfertigen, neuen Ort. Auf dem Friedhof liegen schon eine ganze Menge Menschen, aber die meisten sind jung gestorben, bei Unfällen oder im Kindbett oder durch Epidemien. Auffällig sind die vielen Kinder und jungen Leute. Kinder – junge Burschen – ziehen in Banden durch die Straßen. Die Schulpflicht gilt nur vier Monate im Jahr, und es gibt viele Gelegenheitsarbeiten, die sich schon für acht- bis neunjährige Kinder eignen – Flachs hecheln, Pferde halten, Einkäufe austragen, den Bürgersteig vor den Läden fegen. Einen beträchtlichen Teil ihrer Zeit verbringen sie auf der Suche nach Abenteuern. Eines Tages laufen sie einer alten Frau nach, einer Trinkerin mit dem Spitznamen Queen Aggie. Sie laden sie auf eine Schubkarre, rumpeln mit ihr durch den ganzen Ort und kippen sie schließlich zum Ausnüchtern in einen Graben. Viel Zeit verbringen sie auch am Bahnhof. Sie springen auf rangierende Waggons auf und flitzen zwischen ihnen hindurch und fordern sich gegenseitig zu

Mutproben heraus, die auch schon mal so schlecht ausgehen, dass sie verstümmelt werden oder tödlich verunglücken. Und sie halten nach allen Fremden Ausschau, die in den Ort kommen. Sie laufen ihnen nach, bieten an, ihnen die Koffer zu tragen, und führen sie (für eine Fünfcentmünze) zu einem Hotel. Fremde, die nicht so wohlhabend aussehen, werden verhöhnt und belästigt. Alle sind von Spekulationen umgeben – wie von einer Fliegenwolke. Sind sie in die Stadt gekommen, um ein neues Geschäft zu gründen, um Leute zu beschwatzen, ihr Geld in irgendein Projekt zu stecken, Heilmittel oder Schnickschnack zu verkaufen, an Straßenecken Predigten zu halten? Dergleichen kann jeden Tag vorkommen. Seien Sie auf der Hut, warnt die *Vidette* die Bürger. Wir leben in Zeiten großer Chancen und großer Gefahren. Landstreicher, Bauernfänger, fliegende Händler, Gauner, einfache Diebe sind auf den Landstraßen und vor allem mit der Eisenbahn unterwegs. Diebstähle werden gemeldet: Geld, das investiert und nie wieder gesehen wurde, eine Hose, die von der Wäscheleine, Holz, das vom Holzhaufen, Eier, die aus dem Hühnerstall gestohlen wurden. Vorfälle dieser Art häufen sich in der heißen Jahreszeit.

Mit dem heißen Wetter mehren sich auch die Unfälle. Dann reißen sich mehr Pferde los und werfen Wagen um. Bei der Wäsche geraten Hände in die Mangel, in der Sägemühle wird ein Mann durchgesägt, im Holzlager kommt ein Junge beim Springen unter herabstürzenden Stämmen um. Niemand schläft gut. Kleinkinder gedeihen wegen der Sommerfieber schlecht, und die Dicken bekommen keine Luft. Die Toten müssen in aller Eile bestattet werden. Eines Tages geht ein Mann durch die Straßen, läutet eine Kuhglocke und ruft: »Tut Buße! Tut Buße!« Diesmal ist es kein Fremder, sondern ein junger Mann, der in der Metzgerei arbeitet. Man bringt ihn nach Haus, macht kalte feuchte Umschläge, sieht zu, dass er im Bett bleibt, und betet um seinen Verstand. Wenn er sich nicht erholt, muss er in die Anstalt.

Almeda Roths Haus liegt an der Dufferin Street, einer Straße von gutem Ruf. An dieser Straße haben Kaufleute, ein Mühlenbesitzer, ein Salineninhaber ihre Häuser. Aber die Pearl Street, die man von den hinteren Fenstern aus sieht und auf die man durch die Hinterpforte hinaustritt, ist eine andere Geschichte. Neben ihrem Grundstück liegen Arbeiterhäuser. Kleine, aber adrette Reihenhäuschen – das ist in Ordnung. Schlimmer wird es zum Ende des Straßenblocks hin, und im nächsten, dem letzten Block wird es trostlos. Nur die Allerärmsten, die nichtswürdigen und ehrlosen Armen können dort am Rande des (mittlerweile trockengelegten) Sumpfloches mit dem Namen Pearl Street Swamp wohnen. Üppiges, buschiges Unkraut wächst dort, man hat Behelfshütten aufgestellt, haufenweise liegen Abfall und Schutt herum, dazwischen Unmengen verdreckter Kinder, Schmutzwasser wird aus den Hauseingängen geschippt. Die Stadt versucht, diese Leute zu zwingen, Aborte zu bauen, aber sie gehen ebenso gern ins Gebüsch. Wenn eine Jugendbande sich auf Abenteuersuche dahin verirrt, müssen die Jungen wahrscheinlich mehr einstecken, als sie gedacht haben. Man sagt, selbst der Wachtmeister weigere sich, samstagabends durch die Pearl Street zu patrouillieren. Almeda Roth ist noch nie weiter gegangen als bis zum Ende der Reihenhäuser. In einem jener Häuser wohnt die junge Annie, die ihr im Haushalt hilft. Als anständiges Mädchen ist auch dieses junge Mädchen nie bis zum letzten Block oder zum Sumpf vorgedrungen. Keine anständige Frau würde so weit gehen.

Aber durch seine Lage östlich von Almeda Roths Haus bietet der nämliche Sumpf einen wunderhübschen Anblick in der Morgendämmerung. Sie wohnt im selben Schlafzimmer, das sie einst mit ihrer Schwester Catherine teilte – sie käme nicht im Traum auf die Idee, nach vorn in das große Schlafzimmer umzuziehen, in dem ihre Mutter früher den ganzen Tag im Bett verbrachte und das später zum einsamen Reich ihres Vaters wurde. Aus ihrem Fenster kann sie sehen, wie die Sonne aufgeht, der Dunst über dem Sumpf sich mit Licht füllt, die wuchtigen Bäume in unmittelbarer Nähe vor dem Dunst schweben und die Bäume dahinter durchsichtig werden, Sumpfeichen, Ahorn, Lärchen, Hickorynuss.

III

Hier, wo die Flussflut, ihren blauen Rock
Dem See entbreitend, aus den Wäldern strebt,
Denk ich an Vögel, Tiere, früh'res Volk,
Das einst im Zelt an diesem Strand gelebt.

Einer der Fremden, die vor ein paar Jahren am Bahnhof ankamen, war Jarvis Poulter, der jetzt in dem Haus neben Almeda Roth lebt – von dem ihren durch ein leeres Grundstück in der Dufferin Street getrennt, das er ebenfalls erworben hat. Das Haus ist schlichter als das Roth'sche Haus und hat weder Obstbäume noch Blumen im Garten. Es versteht sich, dass das daran liegt, dass Jarvis Poulter Witwer ist und allein lebt. Ein Mann mag sein Haus ordentlich instand halten, aber er wird nie viel tun, um es zu hübsch einzurichten – sofern er ein echter Mann ist. Die Ehe zwingt ihn, mehr Zierrat und mehr Gefühl in sein Leben hineinzunehmen, genauso wie sie ihn vor den äußersten Höhen und Tiefen seines Wesens schützt – vor eiskaltem Geiz oder übertriebener Faulheit, vor Verwahrlosung und vor zu viel Schlaf oder Lesen, Trinken, Rauchen und freigeistigem Denken.

Aus Sparsamkeit, so glaubt man, besteht ein gewisser hochgeschätzter Bürger unserer Stadt darauf, Wasser an der öffentlichen Pumpe zu holen und seinen Brennstoffvorrat dadurch aufzufüllen, dass er an den Eisenbahnschienen lose Kohlen sammelt. Ob er wohl vorhat, die Stadt oder die Eisenbahngesellschaft mit einer Gratislieferung Salz zu entschädigen?

So ist die *Vidette*, voll von schüchternen Witzen, versteckten Anspielungen, offenen Anklagen, die sich heute keine Zeitung mehr erlauben könnte. Die Rede ist von Jarvis Poulter, von dem man in anderen Zusammenhängen allerdings mit großer Hochachtung spricht – als Schiedsmann, Arbeitgeber, Mann der Kirche. Er ist knauserig, das ist alles. Bis zu einem gewissen Grade exzentrisch. Was beides daran liegen mag, dass er alleinstehend ist, als Witwer lebt. Bis hin dazu, dass er sich sein Wasser aus der öffentlichen Pumpe holt und seinen Kohleneimer an den Bahnschienen füllt. Er ist ein anständiger, wohlhabender Bürger: ein großer – leicht korpulenter? – Mann in einem dunklen Anzug mit blank geputzten Stiefeln. Bart? Schwarzes, graumeliertes Haar. Ernste, beherrschte Miene und eine große bleiche Warze in den buschigen Haaren der einen Augenbraue? Man erzählt von einer jungen, hübschen, sehr geliebten Frau, die im Kindbett oder bei einem schrecklichen Unfall, einem Hausbrand oder einem Eisenbahnunglück etwa, ums Leben kam. Das entbehrt jeder Grundlage, macht ihn aber interessanter. Er hat lediglich gesagt, dass seine Frau verstorben ist.

In diesen Landesteil kam er auf der Suche nach Öl. Die erste Ölquelle der Welt wurde Mitte des neunzehnten Jahrhunderts südlich von hier in Lambton County gebohrt. Bei seinen Ölbohrungen stieß Jarvis Poulter auf Salz. Er bemüht sich nach Kräften, das meiste daraus zu machen. Wenn er mit Almeda Roth von der Kirche heimgeht, erzählt er ihr von seinen Salzquellen. Sie liegen zwölfhundert Fuß tief. Man pumpt erhitztes Wasser hinein, welches das Salz auflöst. Dann pumpt man die Sole nach oben. Sie ergießt sich in große Verdunstungspfannen über kleinen, gleichmäßig brennenden Feuern, das Wasser verdampft, und übrig bleibt reinstes, feinstes Salz. Eine Ware, nach der die Nachfrage nie versiegen wird.

»Das Salz der Erde«, sagt Almeda.

»Ja«, sagt er stirnrunzelnd. Er mag das für respektlos halten. Sie hat es nicht so gemeint. Er spricht über Konkurrenten aus anderen Orten, die sich seiner Methode bedienen und danach streben, ihn vom Markt zu verdrängen. Zum Glück haben sie nicht so tief gebohrt, und ihre Verdampfungsanlagen sind weniger effizient. Salz liegt hier überall in der Erde, aber die Gewinnung ist nicht so leicht, wie manche glauben.

Heißt das nicht, fragt Almeda, dass an dieser Stelle einst ein großes Meer lag?

Höchstwahrscheinlich, sagt Jarvis Poulter. Höchstwahrscheinlich. Er geht dazu über, ihr von seinen anderen Unternehmen zu erzählen, einer Ziegelei, einem Kalkbrennofen. Und er erklärt ihr, was dort gemacht wird und wo guter Lehm zu finden ist. Er besitzt außerdem zwei Farmen, deren Waldland den Brennstoff für seine Betriebe liefert.

Unter den Paaren, die kürzlich an einem sonnigen Sabbatmorgen vom Gottesdienst nach Hause spazierten, fielen uns ein gewisser salziger Herr und eine literarische Dame auf, beide wohl nicht mehr in der ersten Blüte der Jugend, aber noch keineswegs vom Alter angekränkelt. Gibt es berechtigten Anlass zu Mutmaßungen?

So etwas liest man ständig in der *Vidette*.

Gibt es Anlass zu Mutmaßungen, werben sie umeinander? Almeda Roth hat ein bisschen Geld, das sie von ihrem Vater geerbt hat, und sie hat ihr Haus. Sie ist nicht zu alt, um noch ein paar Kinder in die Welt zu setzen. Sie ist eine passable Hausfrau, mit einer Vorliebe für reich verzierte Zuckergusstorten und Obsttörtchen, wie man sie recht häufig bei alten Jungfern findet. (Lobende Erwähnung beim Herbstmarkt.) An ihrem Aussehen ist nichts auszusetzen, und natürlich hat sie eine bessere Figur als die meisten verheirateten Frauen ihres Alters, da sie nicht mit Arbeit und Kindern belastet war. Aber warum ist sie früher, im heiratsfähigeren Alter übergangen worden – an einem Ort, der Frauen braucht, die sich an einen Partner binden und fruchtbar sind? Als junges Mädchen war sie ziemlich trübsinnig, das mag das Problem gewesen sein.

Der Tod ihrer Geschwister und später ihrer Mutter, die zudem noch ein Jahr vor ihrem Tod den Verstand verlor und nur noch Unsinn lallend im Bett lag – das alles lastete so auf ihr, dass sie keine muntere Gesellschaft war. Auch das viele Lesen und Gedichteschreiben wirkte sich bei einem jungen Mädchen eher nachteilig aus, wurde eher als Hindernis und Obsession bewertet als bei der Frau mittleren Alters, die ja schließlich etwas brauchte, mit dem sie ihre Zeit ausfüllen konnte. Im Übrigen sind seit der Veröffentlichung ihres Buches fünf Jahre vergangen, vielleicht ist sie darüber hinweg. Vielleicht war es überhaupt nur der stolze, lebensfremde Vater, der sie dazu ermuntert hat?

Alle finden es selbstverständlich, dass Almeda Roth daran denkt, Jarvis Poulter zum Mann zu nehmen, und ja sagen würde, wenn er um sie anhielte. Und so ist es auch. Sie will sich nicht allzu viel Hoffnung machen, sie will sich nicht lächerlich machen. Sie wäre froh, ein Zeichen zu bekommen. Wenn er sonntags am Abendgottesdienst teilnähme, bestünde, zumindest einige Monate im Jahr, die Möglichkeit, nach Einbruch der Dunkelheit zusammen nach Hause zu gehen. Er würde eine Laterne dabeihaben. (Es gibt noch keine Straßenbeleuchtung im Ort.) Er würde die Laterne so halten, dass sie den Weg vor den Füßen der Dame erhellt, und dabei würde ihm auffallen, wie schmal und zierlich diese sind. Er würde sie vielleicht beim Arm nehmen, wenn sie vom Bürgersteig treten. Aber er geht abends nicht in die Kirche.

Auch sonntagmorgens holt er sie nicht ab, um sie zur Kirche zu begleiten. Das wäre ein Signal. Er bringt sie nach Hause, an seiner Gartenpforte vorbei bis zu ihrer; dann lüftet er den Hut und geht. Sie bittet ihn nicht herein – für eine alleinlebende Frau ist so etwas undenkbar. Sobald ein Mann und eine Frau, fast gleichgültig welchen Alters, sich unter vier Augen in einem Raum aufhalten, vermutet man, dass sich die wildesten Dinge abspielen können. Überspringende Funken, plötzliche Wollust, Anfälle von Leidenschaft. Rohe Instinkte, Triumph der Sinne. Was für Möglichkeiten müssen Männer und Frauen ineinander ahnen, um sich solche Gefahren auszudenken. Beziehungsweise wie oft müssen sie sich, da sie an die Gefahren glauben, in Gedanken mit den Möglichkeiten befassen.

Wenn sie nebeneinander hergehen, kann sie seine Rasierseife riechen, die Pomade, seinen Pfeifentabak, den Woll- und Leinen- und Ledergeruch seiner Männerkleider. Die korrekten, ordentlichen, schweren Kleider gleichen jenen, die sie früher für ihren Vater gebürstet und gestärkt und gebügelt hat. Die Aufgabe fehlt ihr – die Dankbarkeit ihres Vaters, seine dunkle, freundliche Autorität. Jarvis Poulters Kleider, sein Geruch, seine Bewegungen lassen die Haut auf der neben ihm befindlichen Seite ihres Körpers hoffnungsvoll prickeln, und ein leises Schaudern macht ihr eine Gänsehaut auf den Armen. Ist das als Zeichen von Liebe zu werten? Sie stellt sich vor, wie er in Hut und langer Unterwäsche in ihr – *gemeinsames* – Schlafzimmer tritt. Sie weiß, dass dieser Aufzug lächerlich ist, aber in ihrer Fantasie wirkt er anders; er hat die stoische Unverfrorenheit einer Traumgestalt. Er kommt ins Zimmer und legt sich zu ihr aufs Bett, will sie in die Arme schließen. Er wird doch wohl den Hut abnehmen? Sie weiß es nicht, denn an diesem Punkt überwältigt sie ein Gefühl von Unterwerfung und Jasagen, ein erstickter Seufzer. Er würde ihr Mann sein.

Eines ist ihr an verheirateten Frauen aufgefallen, und das ist die Art, wie viele von ihnen sich ihre Männer erschaffen müssen. Sie müssen anfangen, ihnen Vorlieben, Ansichten, ein diktatorisches Wesen zuzuschreiben. O ja, sagen sie, mein Mann ist sehr eigen. Er würde niemals Steckrüben essen. Er mag kein gebratenes Fleisch. (Oder er mag nur gebratenes Fleisch.) Am liebsten sieht er es, wenn ich nur blau (braun) trage. Orgelmusik kann er nicht ausstehen. Er mag es gar nicht, wenn Frauen ohne Kopfbedeckung ausgehen. Er würde mich umbringen, wenn ich einen Zug aus einer Pfeife nähme. Auf diese Weise werden Männer, die einem vor Verlegenheit nicht in die Augen sehen können, in Ehemänner und Haushaltsvorstände umgemodelt. Almeda Roth kann sich nicht vorstellen, dass sie so vorgehen würde. Sie will einen Mann haben, der nicht erst erschaffen werden muss, sondern schon fest dasteht und ihr entschlossen und geheimnisvoll gegenübertritt. Kameradschaft sucht sie nicht. Männer – ihr Vater ausgenommen – kommen ihr irgendwie minderbemittelt vor, stumpf. Zweifellos ist das notwendig, damit sie das tun, was sie tun müssen. Würde sie, wenn sie wüsste, dass im Boden Salz ist, herausbekommen, wie es nach oben zu befördern und zu verkaufen ist? Wohl kaum. Sie würde in Gedanken dem uralten Meer nachhängen. Solche Spekulationen sind etwas, wofür Jarvis Poulter, sehr zu Recht, keine Zeit hat.

Anstatt auf sie zu warten und sie zur Kirche zu begleiten, könnte Jarvis Poulter sich auch auf andere, tollkühnere Art und Weise erklären. Er könnte ein Pferd mieten und sie zu einer Fahrt über Land einladen. Wenn er das täte, wäre sie froh und traurig zugleich. Froh, neben ihm zu sitzen, von ihm kutschiert zu werden, vor aller Welt diese Aufmerksamkeit von ihm zu erfahren. Und traurig, der Landschaft entrückt zu werden – sie gleichsam durch den Schleier seiner Reden und Themen zu sehen. Die Landschaft, über die sie in ihren Gedichten geschrieben hat, ist nur mit Sorgfalt und Hingabe zu sehen. Man muss einiges übersehen. Misthaufen natürlich und sumpfige Äcker voll hoher, verkohlter Baumstümpfe und große Gestrüpphaufen, die darauf warten, eines guten Tages verbrannt zu werden. Die mäandrierenden Bäche sind begradigt worden, in Gräben mit hohen, morastigen Uferwänden verwandelt. Einige Äcker und Weiden sind mit großen, unförmigen, entwurzelten Stümpfen eingezäunt; andere sind von einem primitiven Flickwerk aus Bretterzäunen umgeben. Bis hinten an die Waldparzellen sind sämtliche Bäume abgeholzt. Und die Waldparzellen bestehen allesamt aus nachgewachsenen Bäumen. An den Straßen und Wegen oder Farmhäusern stehen keine Bäume, abgesehen von einigen neu angepflanzten, die jung und schmächtig wirken. Anhäufungen von Scheunen aus rohen Stämmen – die großen Scheunen, die das Bild der Landschaft für die nächsten hundert Jahre prägen werden, kommen gerade erst in Mode – und armselige Blockhütten, und alle vier bis fünf Meilen eine lumpige kleine Ortschaft mit einer Kirche und einer Schule und einem Laden und einer Schmiede. Eine raue, eben erst dem Wald entrissene Landschaft, die aber von Menschen wimmelt. Alle hundert Morgen liegt eine Farm, auf jeder Farm lebt eine Familie, die meisten Familien haben zehn bis zwölf Kinder. (Aus diesem Landstrich – es hat schon angefangen – werden Siedler in immer neuen Wellen in den Norden Ontarios und nach Westen aufbrechen.) Es stimmt zwar, dass man im Frühling in den Waldparzellen Wildblumen pflücken kann, aber dazu müsste man erst durch Herden von Kühen mit großen Hörnern hindurch.

IV

Die Zigeuner sind gefahren.
Ihr Platz ist wie geharkt.
O wie keck wollte ich jetzt handeln
Auf dem Zigeunermarkt!

Almeda leidet häufig unter Schlaflosigkeit, und der Doktor hat ihr Beruhigungsmittel und Nervenarznei verschrieben. Sie nimmt die Beruhigungsmittel, aber von den Tropfen hat sie so lebhaft und unruhig geträumt, dass sie die Flasche für den Notfall beiseitegestellt hat. Sie hat dem Arzt gesagt, dass ihre Augen sich trocken anfühlten, wie heißes Glas, und dass sie Gelenkschmerzen habe. Lesen Sie nicht so viel, hat er gesagt, verbringen Sie Ihre Zeit nicht mit Studieren; arbeiten Sie sich im Haushalt müde, verschaffen Sie sich Bewegung. Er glaubt, dass ihre Leiden verschwinden würden, wenn sie heiratete. Das glaubt er der Tatsache zum Trotz, dass er seine Nervenarznei überwiegend verheirateten Frauen verschreibt.

Also putzt Almeda ihr Haus und hilft die Kirche saubermachen, sie fasst bei Freunden mit an, die tapezieren oder eine Hochzeit vorbereiten, sie backt einen ihrer berühmten Kuchen für das Picknick der Sonntagsschule. An einem heißen Samstag im August beschließt sie, Traubengelee zu kochen. Kleine Gläser Traubengelee geben schöne Weihnachtsgeschenke ab, oder Gaben für die Kranken. Aber sie hat erst spät am Tag angefangen, und das Gelee ist bei Einbruch der Dunkelheit noch nicht fertig. Sie hat sogar eben erst das heiße Fruchtfleisch in den Käseleinensack umgefüllt, um den Saft durchzuseihen. Almeda trinkt ein Tässchen Tee und isst ein Stück Kuchen mit Butter (eine ihrer kindischen Angewohnheiten), und das ist alles, was sie zum Abendbrot will. Sie wäscht sich am Waschbecken die Haare und rubbelt sich einmal von oben bis unten mit dem Schwamm ab, damit sie für den Sonntag sauber ist. Sie macht kein Licht. Sie legt sich bei weit geöffnetem Fenster auf das Bett und zieht sich bloß ein Laken bis zur Körpermitte hoch und fühlt sich ach so wunderbar müde. Sie spürt sogar eine leichte Brise.

Als sie aufwacht, ist die Nacht brennend heiß und voller Bedrohungen. Sie liegt schwitzend auf dem Bett, und sie hat den Eindruck, dass die Geräusche, die sie hört, von Messern und Sägen und Äxten kommen – lauter bösen Werkzeugen, die in ihrem Kopf hacken und stechen und bohren. Aber dem ist nicht so. Als sie wacher wird, erkennt sie eine Art von Lärm, den sie schon manchmal gehört hat – den Krach einer Samstagnacht in der Pearl Street im Sommer. Normalerweise entsteht er durch einen Streit. Die Leute sind betrunken, sie protestieren laut oder feuern die Kämpfenden an, irgendjemand schreit: »Mord!« Einmal hat es einen Mord gegeben. Aber der geschah nicht im Streit. Ein alter Mann wurde in seinem Schuppen erstochen, vielleicht wegen ein paar Dollar, die er in der Matratze hatte.

Sie steigt aus dem Bett und geht ans Fenster. Der Nachthimmel ist klar, mondlos und sternenhell. Geradeaus über dem Sumpf hängt der Pegasus. Ihr Vater hat ihr das Sternbild gezeigt – automatisch zählt sie die Sterne nach. Jetzt kann sie

Stimmen unterscheiden, einzelne Beiträge zum Krawall. Manche Leute sind offensichtlich wie sie aus dem Schlaf gerissen worden. »Ruhe!«, schreien sie. »Hört mit dem Radau auf, oder ich komm runter, und ihr kriegt den Arsch voll!«

Aber das zeigt keine Wirkung. Es ist, als rollte ein funkensprühender Feuerball die Pearl Street hinauf – mit dem Unterschied, dass das Feuer ein Aufruhr ist: Schreie und Gelächter und Kreischen und Fluchen, und die Funken sind Stimmen, die einzeln zu hören sind. Nach und nach treten zwei Stimmen deutlich hervor – ein auf- und abschwellendes Heulen und ein gleichmäßig dröhnender, tiefer Strom von Beschimpfungen, der sämtliche Wörter enthält, die Almeda mit Gefahr und Verworfenheit und üblen Gerüchen und widerwärtigen Anblicken in Verbindung bringt. Irgendwer – die Person, die »Bring mich doch um! Bring mich um!« schreit – wird geschlagen. Eine Frau wird geschlagen. Sie schreit immer wieder: »Bring mich um! Bring mich doch um!«, und manchmal klingt die Stimme bluterstickt. Dennoch hat ihr Geheul etwas Höhnisches und Triumphierendes. Etwas Theatralisches. Und die Leute rundherum schreien aufgeregt: »Hör auf! Hör auf damit!« oder »Bring sie um! Bring sie um!«, wie im Theater oder beim Sport oder einem Boxwettkampf. Ja, denkt Almeda, das hat sie schon früher gemerkt – bei diesen Leuten läuft immer eine Art Affentheater ab; so etwas wie eine schwerfällige Parodie, eine Übertreibung, ein verpasster Anschluss. Als wäre alles, was sie machten – bis hin zum Mord – etwas, das sie nicht ganz glauben, aber auch nicht verhindern könnten.

Jetzt hört es sich an, als würde etwas geworfen – ein Stuhl, ein Brett? – und als gäbe ein Holzhaufen oder ein Stück Zaun nach. Eine Menge neuerlich überraschter Aufschreie, Gerenne, Leute, die Platz machen, und der Lärm ist viel näher gekommen. Almeda kann eine Gestalt in einem hellen Kleid erkennen, die vornübergebeugt rennt. Das wird die Frau sein. Sie hat einen Stock oder eine Dachpfanne oder so etwas in der Hand, und sie dreht sich um und schleudert es nach der dunkleren Gestalt, die hinter ihr herläuft.

»Los, auf sie!«, schreien die Stimmen. »Gib's ihr!«

Viele fallen jetzt zurück; nur die beiden Gestalten laufen weiter und kämpfen miteinander und reißen sich wieder los und fallen schließlich an Almedas Zaun um. Die Geräusche, die sie von sich geben, werden sehr wirr – Würgen, Erbrechen, Stöhnen, hämmernde Fäuste. Dann ein lang anhaltendes, vibrierendes, erstickendes Geräusch voll Schmerz und Selbsterniedrigung, Selbstaufgabe, das von einer oder beiden stammen könnte.

Almeda hat sich vom Fenster fortgeschlichen und aufs Bett gesetzt. Hat sie da einen Mord mitangehört? Was ist zu tun, was hat sie zu tun? Sie muss eine Laterne anzünden – sie muss in den Garten gehen, sie muss nach unten gehen. In den Garten. Die Laterne. Sie lässt sich auf dem Bett nach hinten sinken und zieht sich das Kissen übers Gesicht. Noch einen Augenblick. Die Treppe, die Laterne. Sie sieht sich bereits dort unten, im hinteren Flur, den Riegel an der Hintertür öffnen. Sie schläft ein.

Im frühen Morgenlicht schreckt sie auf. Sie denkt, auf ihrem Fensterbrett sitzt eine dicke Krähe, die missbilligend, aber ohne Verwunderung über die Ereignisse der vergangenen Nacht spricht. »Wach auf und nimm die Schubkarre!«, sagt sie schimpfend zu ihr, und Almeda versteht, dass die Krähe mit

»Schubkarre« etwas anderes meint – etwas Abscheuliches und Trauriges. Dann ist sie wach und sieht, dass da gar kein Vogel ist. Sie steht unverzüglich auf und sieht aus dem Fenster.

Unten an den Zaun gepresst liegt ein blasser Klumpen – eine Leiche.

Schubkarre.

Sie zieht sich einen Morgenmantel über das Nachthemd und geht nach unten. Die vorderen Zimmer liegen noch im Schatten, in der Küche sind die Jalousien zu. Irgendwas macht gemütlich, strafend *plapp, plopp* und erinnert sie an die Worte der Krähe. Es ist nur der Traubensaft, der über Nacht durchtropft. Sie schiebt den Riegel zurück und tritt aus der Hintertür. Spinnen haben während der Nacht ihre Netze über den Eingang gesponnen, und die Stockrosen hängen tauschwer herab. Am Zaun teilt sie die störrischen Stockrosen und schaut nach unten und sieht, was los ist.

Ein zusammengesackter Frauenkörper, auf der Seite liegend, das Gesicht auf den Boden gedrückt. Almeda kann das Gesicht nicht sehen. Aber dort hängt lose eine nackte Brust, der braune Nippel langgezogen wie die Zitze einer Kuh, und da ist eine Hüfte und ein Bein, beide nackt, und an der Hüfte ist ein sonnenblumengroßer Bluterguss. Die unverletzte Haut ist gräulich, wie an einem gerupften, rohen Hähnchenschenkel. Die Frau trägt eine Art Nachthemd oder Allzweckkittel. Es riecht nach Erbrochenem. Urin, Alkohol, Erbrochenes.

Barfuß, im Nachthemd und dem dünnen Morgenmantel, läuft Almeda davon. Sie läuft zwischen den Apfelbäumen und der Veranda seitlich an ihrem Haus vorbei; sie öffnet die Gartenpforte und flieht die Dufferin Straße entlang zu Jarvis

Poulters Haus, das ihrem am nächsten liegt. Sie schlägt mit der flachen Hand immer wieder an die Tür.

»Da ist eine tote Frau«, sagt sie, als Jarvis Poulter endlich erscheint. Er hat seine dunkle Hose an, mit Hosenträgern, und sein Hemd ist erst halb zugeknöpft, das Gesicht unrasiert, die Haare stehen hoch. »Mr. Poulter, entschuldigen Sie. Die Leiche einer Frau. An meiner hinteren Pforte.«

Er sieht sie mit grimmigem Blick an. »Tot?«

Sein Atem ist muffig, sein Gesicht zerfurcht, die Augen blutunterlaufen.

»Ja. Ich glaube, es war Mord«, sagt Almeda. Sie kann einen kleinen Teil seiner freudlosen Eingangsdiele sehen. Seinen Hut auf einem Stuhl. »Ich bin nachts aufgewacht. Unten in der Pearl Street war Radau«, sagt sie, darum ringend, ihre Stimme leise und beherrscht zu halten. »Ich konnte dieses – Pärchen hören. Ich hörte, wie ein Mann und eine Frau sich prügelten.«

Er nimmt seinen Hut und setzt ihn auf. Er macht die Haustür zu und schließt sie ab und steckt den Schlüssel in die Tasche. Sie gehen den Bürgersteig entlang, und ihr fällt auf, dass sie barfuß ist. Sie verkneift sich das, was als Nächstes aus ihr herauswill – dass sie verantwortlich ist, sie hätte mit einer Laterne hinauslaufen können, sie hätte schreien können (aber wozu noch mehr Geschrei machen?), sie hätte den Mann in die Flucht schlagen können. Sie hätte gleich Hilfe holen können anstatt erst jetzt.

Sie biegen in die Pearl Street ein, gehen nicht durch den Roth'schen Garten. Natürlich liegt die Leiche noch da. Zusammengesackt, halbnackt, wie vorhin.

Jarvis Poulter überstürzt nichts und zögert nicht. Er geht

geradewegs zur Leiche hin und mustert sie, stupst das Bein mit seiner Stiefelspitze an, wie man das bei einem Hund oder einem Schwein machen würde.

»Sie da«, sagt er, nicht allzu laut, aber bestimmt, und gibt ihr noch einen Stups.

Almeda schmeckt hinten im Hals Galle.

»Die lebt noch«, sagt Jarvis Poulter, und die Frau bestätigt es. Sie rührt sich, sie stöhnt schwach.

Almeda sagt: »Ich hole den Arzt.« Wenn sie die Frau berührt hätte, wenn sie sich gezwungen hätte, sie anzufassen, wäre ihr ein solcher Fehler nicht passiert.

»Warten Sie«, sagt Jarvis Poulter. »Warten Sie. Wir wollen mal sehen, ob sie aufstehen kann.«

»Stehen Sie auf«, sagt er zu der Frau. »Nur zu. Hoch, ja. Hoch.«

Jetzt geschieht etwas Erstaunliches. Der Körper hievt sich auf alle viere, der Kopf hebt sich – das Haar vollkommen mit Blut und Erbrochenem verklebt –, und die Frau beginnt, mit diesem Kopf fest und rhythmisch gegen Almeda Roths Lattenzaun zu schlagen. Mit den Schlägen findet sie ihre Stimme, öffnet den Mund weit und lässt ein Jaulen heraus, voll Kraft und einer Art gequälter Befriedigung.

»Alles andere als tot«, sagt Jarvis Poulter. »Und ich würde den Arzt nicht bemühen.«

»Das viele Blut«, sagt Almeda, als die Frau ihnen das beschmierte Gesicht zuwendet.

»Aus der Nase«, sagt er, »nicht frisch.« Er bückt sich und greift dicht an der Kopfhaut in das widerliche Haar, damit das Schlagen mit dem Kopf aufhört.

»Lassen Sie das bleiben«, sagt er. »Aufhören. Machen Sie, dass Sie nach Haus kommen. Ab nach Haus, wo Sie hingehören.« Der Ton aus dem Mund der Frau ist verstummt. Er schüttelt ihren Kopf leicht zur Warnung, ehe er das Haar loslässt. »Ab nach Haus!«

Solchermaßen befreit, macht die Frau einen Satz nach vorn, zieht sich hoch. Sie kann laufen. Sie schlingert und stolpert die Straße hinunter und gibt dabei gelegentlich vorsichtige Protestlaute von sich. Jarvis Poulter blickt ihr einen Augenblick nach, um sicher zu sein, dass sie wirklich geht. Dann sucht er sich ein großes Klettenblatt und wischt sich daran die Hand ab. Er sagt: »Da geht sie hin, Ihre Leiche!«

Da die hintere Gartenpforte abgeschlossen ist, gehen sie vorne herum. Die Gartenpforte steht offen. Almeda ist immer noch übel. Ihr Bauch ist aufgebläht; ihr ist heiß und schwindelig.

»Die Haustür ist abgeschlossen«, sagt sie leise. »Ich bin durch die Küchentür herausgekommen.« Wenn er nur ginge, dann könnte sie direkt zum Klosett gehen. Aber er folgt ihr. Er folgt ihr bis an die Hintertür und in den Flur. Er spricht in einem Ton rauer Herzlichkeit mit ihr, den sie noch nie bei ihm gehört hat. »Kein Grund zur Besorgnis«, sagt er. »Schuld ist nur der Alkohol. In schlechter Nachbarschaft sollte eine Dame nicht allein leben.« Er fasst sie knapp oberhalb des Ellbogens am Arm. Sie kann den Mund nicht aufmachen, um mit ihm zu sprechen, um sich zu bedanken. Wenn sie den Mund aufmachte, müsste sie würgen.

Was Jarvis Poulter in diesem Augenblick für Almeda Roth empfindet, ist genau das, was er bei all den umsichtigen Heimwegen und all seinen einsamen Erwägungen über ihren vermutlichen Wert, unzweifelhaften Ruf, hinreichende Attraktivität nicht empfunden hat. Er hat sie sich nicht als Ehefrau vorstellen können. Jetzt kann er das. Er ist hinlänglich gerührt, von ihrem offenen Haar – zu früh ergraut, aber dicht und weich –, ihrem roten Gesicht, ihrer leichten Kleidung, die niemand außer einem Ehemann zu sehen bekommen sollte. Und von ihrer Unkenntnis, ihrer Aufregung, ihrer Torheit, ihrer Not?

»Ich komme später wieder«, sagt er. »Ich begleite Sie zur Kirche.«

Ecke Pearl und Dufferin Street wurde von einer Anwohnerin dortselbst der Körper einer gewissen Frau aus der Pearl Street aufgefunden und für tot gehalten, obgleich die Frau nur besinnungslos betrunken war. Aus ihrem himmlischen – oder andersgearteten – Vollrausch wurde sie sanft durch die feste Hand des Nachbarn und Schiedsmannes Mr. Poulter geweckt, den die Anwohnerin herbeigeholt hatte. Die unangenehme Häufung dieser Art unschicklicher, lästiger Vorfälle in letzter Zeit macht unserer Stadt wenig Ehre.

V

Ich sitze am Grunde des Schlafs,
Als säße ich unten im Meer,
Und bizarre Bewohner der Tiefsee
Grüßen voll Huld zu mir her.

Sobald Jarvis Poulter gegangen ist und sie die Gartenpforte zuschlagen hört, läuft Almeda zum Plumpsklosett hinaus.

Als ihr das keine vollständige Erleichterung bringt, merkt sie, dass die Schmerzen und die Schwere ihres Unterleibs daher rühren, dass der Monatsfluss bevorsteht, aber noch nicht eingesetzt hat. Sie macht die Hintertür zu und schließt ab. Ihr fällt wieder ein, was Jarvis Poulter über den Kirchgang gesagt hat, und sie schreibt auf einen Zettel: »Mir ist nicht wohl, und ich möchte mich heute ausruhen.« Diesen klemmt sie gut am Außenrahmen des kleinen Fensters in der Haustür fest. Sie schließt auch diese Tür ab. Sie zittert, wie nach einem großen Schock oder einer bösen Gefahr. Aber sie macht Feuer, damit sie Tee kochen kann. Sie setzt Wasser auf, misst die Teeblätter ab, brüht eine große Kanne Tee auf, und ihr wird vom Dampf und dem Geruch nur noch schlechter. Sie schenkt sich eine Tasse ein, als der Tee noch recht schwach ist, und träufelt mehrere dunkle Tropfen Nervenarznei hinein. Sie lässt sich zum Trinken nieder, ohne die Jalousien aufzuziehen. Dort, mitten auf dem Fußboden, hängt der Sack aus Käseleinen an seinem Besenstiel zwischen zwei Stuhllehnen. Das Fruchtfleisch und der Traubensaft haben das wulstige Tuch tiefviolett gefärbt. *Plopp, plapp*, in die darunter stehende Schüssel. Sie kann den Anblick nicht ertragen. Sie nimmt ihre Tasse, die Teekanne und das Arzneifläschchen und geht ins Esszimmer hinüber.

Dort sitzt sie noch, als die Pferde auf ihrem Weg zur Kirche vorbeikommen und Staubwolken aufwirbeln. Wie glühende Asche werden die Straßen sein. Sie sitzt dort, als die Pforte aufgeht und die festen Schritte eines Mannes auf ihrer Veranda ertönen. Ihr Gehör ist so empfindlich, dass es ihr vorkommt, als hörte sie, wie der Zettel aus dem Rahmen gezogen und aufgefaltet wird – als hörte sie ihn beinahe lesen, beinahe die Worte in seinem Kopf. Dann gehen die Schritte in die andere Richtung, die Treppe hinunter. Die Pforte schließt sich. Ihr kommt ein Bild vor Augen, Grabsteine – und sie muss lachen. Grabsteine marschieren auf kleinen Füßen in Stiefeln die Straße entlang, die langen Körper vorgebeugt, die Mienen gedankenverloren und streng. Die Kirchenglocken läuten.

Dann schlägt die Uhr im Flur zwölf, und eine Stunde ist vergangen.

Das Haus heizt sich auf. Sie trinkt mehr Tee und gibt mehr Arznei hinein. Sie merkt, dass die Arznei ihre Wirkung entfaltet. Sie ist es, die für ihre außergewöhnliche Apathie, ihre vollkommene Reglosigkeit, ihre widerstandslose Kapitulation vor ihrer Umgebung verantwortlich ist. Das ist gut so. Es scheint notwendig zu sein.

Ihre Umgebung im Esszimmer sieht, um sie nur teilweise aufzuzählen, folgendermaßen aus: Wände mit dunkelgrünen Girlandentapeten, Spitzengardinen und mauvefarbene Samtvorhänge vor den Fenstern, ein Tisch mit einer gehäkelten Decke und einer Obstschale mit Wachsfrüchten, ein grauer Teppich mit einem Stich ins Rosa und Rosensträußen aus blauen und rosa Blüten, eine Anrichte mit bestickten Läufern, in der Teller mit verschiedenen Mustern und Krüge und das silberne Teeservice stehen. Jede Menge anzuschauen. Denn jedes einzelne dieser Muster und Ornamente wirkt, als wäre es voller Leben, bereit, sich zu bewegen, zu verfließen, sich zu verändern. Oder vielleicht zu explodieren. Almeda Roth bleibt den ganzen Tag über damit beschäftigt, sie im Auge zu behalten. Nicht um zu verhindern, dass sie sich verändern, sondern um sie dabei zu erwischen – um die Veränderung zu begreifen, daran teilzuhaben. In diesem Zimmer geht so viel vor, dass es nicht nötig ist, es zu verlassen. Ihr kommt nicht einmal der Gedanke, es zu verlassen.

Natürlich kommt Almeda bei ihren Beobachtungen nicht um Worte herum. Sie denkt vielleicht, dass es geht, aber es geht nicht. Schon bald beginnt dieses Leuchten und Anschwellen ihr Worte in den Mund zu legen – keine bestimmten Wörter, sondern irgendwie einen Wortstrom, der sich ihr gleich, gleich mitteilen wird, Verse womöglich. Ja, wieder einmal Gedichte. Oder ein Gedicht. Wäre das nicht überhaupt die Lösung – das eine große Gedicht, das alles enthalten wird, und, ach, neben dem alle anderen Gedichte, alle von ihr verfassten Gedichte belanglos werden, zu bloßen Zufällen, bloßem Flickwerk verblassen? Sterne und Vögel und Bäume und Engel im Schnee und tote Kinder in der Abenddämmerung – damit hat man nicht einmal die Hälfte gesagt. Man muss den widerlichen Krawall in der Pearl Street und Jarvis Poulters blank geputzte Stiefelspitze und die gerupfte Hühnerhaut der Hüfte mit ihrer blau-schwarzen Blume mit hineinnehmen. Almeda ist weit von menschlichem Mitgefühl oder Ängsten oder häuslich-traulichen Erwägungen entfernt. Sie denkt nicht darüber nach, was für die Frau getan werden könnte, oder wie man für Jarvis Poulter am besten das Essen warm hält oder die warme Unterwäsche auf der Leine trocknet. Die Schüssel mit dem Traubensaft ist übergelaufen, und der Saft fließt über den Fußboden und färbt die Dielen so ein, dass die Flecken sich nie wieder entfernen lassen.

Sie muss so vieles auf einmal bedenken – Champlain und die nackten Indianer und das Salz tief unter der Erde, aber mit dem Salz das Geld, die Absicht des Geldverdienens, die ständig in Köpfen wie dem von Jarvis Poulter gärt. Dazu die harten Winterstürme und die unbedarften Kurzschlusshandlungen in der Pearl Street. Wetterveränderungen sind oft brutal, und wenn man darüber nachdenkt, gibt es Frieden nicht einmal auf den Sternen. Das alles ist nur zu ertragen, wenn es kanalisiert wird, in ein Gedicht, und das Wort »kanalisieren« passt gut, denn das Gedicht soll »Die Meneseteung« heißen. Der Titel des Gedichts ist der Name des Flusses. Nein, eigentlich ist der Fluss selbst, die Meneseteung, das Gedicht – die Meneseteung mit ihren tiefen Löchern und Stromschnellen und herrlichen Becken unter den Sommerbäumen und ihren alles verwüstenden Frühjahrsüberschwemmungen. Almeda sieht tief, tief in den Fluss ihres Denkens hinein und in das Tischtuch, und sie sieht die gehäkelten Rosen schwimmen. Wulstig und dumm sehen sie aus – Häkelrosen von ihrer Mutter –, gar nicht sehr wie echte Blumen. Aber ihr Wollen, ihr losgelöstes Schwimmen, ihre schlichte Daseinsfreude scheinen ihr doch sehr bewundernswert. Ein Zeichen der Hoffnung. *Meneseteung.*

Sie verlässt das Zimmer erst in der Abenddämmerung, als sie wieder zum Klosett hinausgeht und feststellt, dass sie blutet, ihr Monatsfluss eingesetzt hat. Sie wird eine Binde holen und vorlegen, sich gut verpacken müssen. Nie zuvor hat sie, ohne krank zu sein, einen ganzen Tag im Nachthemd verbracht. Das bekümmert sie nicht sonderlich. Auf ihrem Weg durch die Küche geht sie durch die Traubensaftpfütze. Sie weiß, dass sie sie aufwischen muss, aber noch nicht, und sie geht, dunkle Fußabdrücke hinterlassend, nach oben. Sie riecht das ausfließende Blut und den Schweiß ihres Körpers, der den ganzen Tag im geschlossenen, heißen Zimmer gesessen hat.

Kein Grund zur Beunruhigung.

Denn sie hat nicht geglaubt, dass Häkelrosen wegschwimmen oder Grabsteine wirklich die Straße entlanglaufen könnten. Sie verwechselt diese Dinge nicht mit der Realität, und sie verwechselt auch nichts anderes mit der Realität, und deswegen weiß sie, dass sie nicht verrückt ist.

VI

Nachts träume ich von euch,
Tags komm ich anhänglich.
Vater, Mutter,
Schwester, Bruder,
Habt ihr kein Wort für mich?

22. April, 1903. Am vergangenen Dienstag zwischen drei und vier Uhr nachmittags verschied eine talentierte, verdiente Mitbürgerin in ihrem Haus, die unsere hiesige Literatur einst durch einen Band sensibler, wohlgesetzter Gedichte aus ihrer Feder bereichert hat. Das Unglück wollte, dass diese bemerkenswerte Frau in späteren Jahren geistig leicht umnachtet war, was zur Folge hatte, dass ihr Verhalten zuweilen ein wenig unbedacht und auffällig war. Ihr Sinn für Sitte und Anstand und für Kleidung und die Pflege ihrer Person hatten so gelitten, dass sie für manch einen, der vergessen hatte, wie stolz und anmutig sie einst war, zu einer vertrauten Exzentrikerin oder bedauerlicherweise gar zur komischen Figur wurde. Doch jetzt löschen wir diese Verfehlungen aus dem Gedächtnis, und was uns bleibt, sind ihre trefflichen veröffentlichten Gedichte, ihre frühere Mitarbeit in der Sonntagsschule, die

treue Pflege ihrer Eltern, ihr edles frauliches Wesen, ihre Wohltä-
tigkeit, ihr standhafter christlicher Glaube. Ihre letzte Krankheit
war gnädigerweise von kurzer Dauer. Sie erkältete sich, nachdem
sie sich bei einem Ausflug in den Sumpf am Ende der Pearl Street
gründlich nasse Füße geholt hatte. (Es heißt, sie sei von Straßen-
lümmeln ins Wasser getrieben worden. Und da die Unverschämt-
heit und Grausamkeit eines Teils unserer Jugendlichen sowie die
Tatsache, dass man beobachtet hat, wie sie diese Mitbürgerin
verfolgten, nicht zu leugnen ist, lässt sich die Geschichte nicht
ohne Weiteres abtun.) Die Erkältung wuchs sich zu einer Lungen-
entzündung aus, und sie starb, bis zuletzt betreut von einer ehe-
maligen Nachbarin, Mrs. Bert (Annie) Friels, die auch bei ihr war,
als sie ruhig und im Glauben fest starb.

Januar, 1904. Einer der Väter unserer Stadt, ein früher Gründer
und Faiseur, wurde vorigen Montag plötzlich aus unserer Mitte
gerissen, während er im Kontor seiner Firma die Post erledigte.
Mr. Jarvis Poulter besaß einen starken, lebendigen Unternehmer-
geist und hat dieser Stadt nicht nur ein, sondern gleich mehrere
Industrieunternehmen beschert, mitsamt den Segnungen von Ar-
beitsplätzen und Produktivität.

So salbadert die *Vidette* weiter, wortreich und selbstgefällig.
Kaum ein Tod, der nicht beschrieben, kaum ein Leben, das
nicht bewertet wird.

Ich habe Almeda Roth auf dem Friedhof gesucht. Gefunden
habe ich den Stein der Familie. Es stand nur ein Name darauf – Roth. Dann bemerkte ich zwei bodennahe flache Steine,

ein paar – sechs? – Fuß vom aufrecht stehenden entfernt. Auf dem einen stand »Papa«, auf dem anderen »Mama«. Noch weiter entfernt fand ich zwei weitere flache Steine mit den Namen William und Catherine. Ich musste etwas wucherndes Gras und Erde abkratzen, um Catherines vollen Namen lesen zu können. Weder Geburts- noch Todestage, kein Wort über die lieben Verstorbenen. Eine sehr persönliche Art, der Toten zu gedenken, nicht für die Welt. Es waren auch keine Rosen da – keinerlei Anzeichen eines Rosenbuschs. Aber vielleicht hatte man ihn weggenommen. Der Verwalter liebt so etwas nicht; es ist dem Rasenmäher im Weg; und wenn niemand mehr übrig ist, der Einwand erheben kann, gräbt er es aus.

Ich dachte mir, dass man Almeda wohl anderswo begraben hatte. Als dieses Grab gekauft wurde – beim Tod der beiden Kinder –, hatte man doch gewiss noch angenommen, dass sie heiraten und neben ihrem Mann zur letzten Ruhe gebettet würde. Möglicherweise hatte man keinen Platz für sie gelassen. Dann sah ich, dass die Steine im Boden fächerförmig vom senkrechten Stein ausgingen. Zuerst die beiden für die Eltern, dann die beiden für die Kinder, aber die waren so platziert, dass erst ein dritter den Fächer vervollständigte. Ich machte von »Catherine« aus die gleiche Anzahl Schritte, mit der ich von »Catherine« zu »William« gelangt war, und begann an dieser Stelle, Gras auszureißen und mit bloßen Händen in der Erde zu wühlen. Schon bald fühlte ich den Stein und wusste, dass ich recht hatte. Ich kratzte weiter und legte den ganzen Stein frei und las den Namen »Meda«. Er war da, bei den anderen, und starrte in den Himmel.

Ich sah nach, ob ich bis an den Rand des Steins gekommen

war. Das war der ganze Name – Meda. Also stimmte es, dass sie in der Familie so genannt wurde. Nicht nur im Gedicht. Oder vielleicht hatte sie sich ihren Namen nach dem Gedicht ausgesucht und ihn sich auf den Stein setzen lassen.

Ich dachte, es dürfte auf der Welt außer mir wohl niemand mehr leben, der das wissen, der die Verbindung ziehen würde. Und ich dürfte wohl die Letzte sein, die das tut. Aber vielleicht trifft das nicht zu. Menschen sind neugierige Wesen. Jedenfalls einige. Es treibt sie, Dinge herauszubekommen, auch nichtige Dinge. Sie ziehen ihre Schlüsse. Man sieht sie mit Notizbüchern herumlaufen, die Erde von Grabsteinen kratzen, Mikrofilme lesen, alles bloß in der Hoffnung, einen bestimmten Moment einzufangen, eine Verbindung zu ziehen, etwas aus dem Abfall zu retten.

Und trotzdem können sie dabei Fehler machen. Ich kann mich geirrt haben. Ich weiß nicht, ob sie je Laudanum genommen hat. Viele Frauen nahmen es. Ich weiß nicht, ob sie je Traubengelee gekocht hat.

Aus dem Englischen von Karen Nölle

Jane Bowles
Einfache Freuden

Alva Perry war eine würdevolle und zurückhaltende Frau
schottisch-spanischer Herkunft. Sie war Anfang vierzig und
sah immer noch gut aus, auch wenn sie im Gesicht etwas hager
war. Besonders ihre Augen waren ungewöhnlich schön und
klar. Sie wohnte im Haus ihres Onkels, das in Appartements
aufgeteilt worden war oder, wie es in der Gegend noch hieß:
in Mietwohnungen. Das Haus stand am Hang eines steilen, be-
waldeten Hügels, von dem aus man die Hauptverkehrsstraße
überblicken konnte. Eine lange Treppe aus Zement führte auf
die halbe Höhe hinauf und endete in einiger Entfernung unterhalb des Hauses. Ursprünglich hatte sie zu einem Elektrizi-
tätswerk gehört, das aber inzwischen zerstört war. Mrs. Perry
lebte seit dem Tod ihres Mannes vor elf Jahren allein in dem
Appartement, doch hatte sie den ganzen Tag über immer
irgendetwas zu tun und war darum als Alleinstehende nicht
weniger geschäftig als eine Frau im Dienste der Familie.

John Drake, ein ebenso zurückhaltender Mensch wie sie,
bewohnte das Appartement unter ihr. Er besaß einen Last-

wagen und übernahm Aufträge von Holzfirmen und das Abholen und Zustellen von Milchkannen für eine Molkerei.

Mr. Drake und Mrs. Perry hatten in all den Jahren, die sie in diesem Haus am Hügel lebten, nie mehr als ein paar einfache Begrüßungsworte gewechselt.

Eines Abends stand Mr. Drake im Hauseingang und hörte Mrs. Perrys schwere Schritte, die er mittlerweile instinktiv erkannte. Er schaute nach oben und sah Mrs. Perry herunterkommen. Sie trug einen braunen Mantel, der ihrem verstorbenen Mann gehört hatte, und drückte eine große Tüte an ihren Busen. Mr. Drake bot an, ihr beim Tragen behilflich zu sein, worauf sie unschlüssig auf dem Treppenabsatz stehen blieb.

»Das sind nur Kartoffeln«, sagte sie, »aber vielen Dank. Ich will sie hinten im Hof backen. Das habe ich schon seit Langem vor.«

Mr. Drake nahm ihr die Kartoffeln ab und ging steifbeinig zur Hintertür hinaus und ein Stückchen den Hang hinunter bis zu einem kleinen eingeebneten Platz auf der Rückseite des Hauses, der als Hof diente. Hier stellte er die Tüte auf die Erde. Nicht weit von der Hinterveranda entfernt qualmte eine große neue Feuertonne, und in der Hofmitte hatte Mrs. Perrys Onkel einen überdachten Schweinestall gebaut, der mit leuchtenden Kunststoffziegeln verblendet war.

Mrs. Perry folgte Mr. Drake, sie bedankte sich bei ihm und begann, Zweige aufzusammeln, wobei sie flink zwischen dem angrenzenden Wäldchen und dem Schweinestall hin und her lief, in dessen Nähe sie das Feuer machen wollte. Ohne etwas zu sagen, half ihr Mr. Drake beim Holzsammeln, so dass sie ihn, als das Feuer brannte, selbstverständlich aufforderte, dazubleiben und die Kartoffeln mit ihr zu teilen. Er nahm die Einladung an, und sie setzten sich auf eine umgedrehte Kiste vor das Feuer.

Mr. Drake hielt sein Gesicht dem Feuer ab- und dem Wäldchen zugewandt. Auf diese Weise hoffte er, seine glühend roten Wangen vor Mrs. Perry verbergen zu können. Er war ein sehr schüchterner Mensch, und obwohl seine Hautfarbe schon von Natur aus rot war, wurde er in Anwesenheit einer fremden Frau so dunkelrot, dass einem der Unterschied sofort ins Auge sprang. Mrs. Perry wunderte sich, warum er ständig nach hinten schaute, aber sie glaubte, ihn nicht gut genug zu kennen, um ihn danach fragen zu können. Sie wartete darauf, dass er etwas sagte, und als ihr schließlich klar wurde, dass sie vergeblich warten würde, zerbrach sie sich den Kopf, was sie selbst sagen könnte.

»Mögen Sie die einfachen, gewöhnlichen Freuden?«, fragte sie ihn schließlich ganz ernsthaft.

Mr. Drake fühlte sich sehr erleichtert, dass sie etwas gesagt hatte, und seine Gesichtsröte verlor sich etwas. »Da müssten Sie mir zuerst eine genauere Vorstellung davon geben, was Sie unter gewöhnlichen Freuden verstehen, danach kann ich Ihnen sagen, was ich davon halte«, antwortete er umständlich, wobei er zwischen einzelnen Wörtern immer wieder Pausen einlegte, denn er war ebenso gewissenhaft wie schüchtern.

Mrs. Perry zögerte. »Einfache Freuden«, begann sie, »– so wie die, die man ohne große Gesellschaft oder Delikatessen hat.« Sie suchte angestrengt nach weiteren Beispielen. »Einfache Freuden, wie dieses Kartoffelrösten hier statt Tanz und Whisky und Musikkapellen...Wie ein Picknick, aber nicht mit tausend Extrasachen, die man hinterher auf den Müll schmeißt, weil sie übrig geblieben sind. Ich habe Erwachsene Kuchen wegwerfen sehen, nur weil sie zu faul waren, ihn wieder einzupacken und mit nach Hause zu nehmen. Haben Sie so was schon erlebt?«

»Nein, ich glaube nicht«, sagte Mr. Drake.

»Die Leute lassen massenhaft Sachen verkommen«, bemerkte sie.

»Also, ich mag einfache Freuden«, warf Mr. Drake ein, der ängstlich darauf bedacht war, dass sie den Gesprächsfaden nicht abreißen ließ.

»Meinen Sie nicht, dass einfache Freuden dem Herzen Gottes näherstehen?«, fragte sie.

Es machte ihn ein wenig verlegen, dass sie nach so kurzer Bekanntschaft schon etwas so Bedeutsames und Persönliches zur Sprache brachte, und er konnte sich nicht überwinden, ihr darauf zu antworten. Mrs. Perry, die normalerweise nicht sehr redselig war, merkte, dass ihr die Worte über die Zunge drängten.

»Meine Schwester, Dorothy Alvarez«, begann sie ohne weitere Vorrede, »geht zu allen Festveranstaltungen in der Stadt. Sie hat mich schon oft eingeladen, mitzukommen und mal richtig auf die Pauke zu hauen, aber ich gehe nicht mit. Sie ist die Ausgelassenste der ganzen Bande und lebt von ihrem Mann getrennt. Sie wird zu allen Vergnügungen mitgeschleppt. Wenn sie wollte, könnte sie jeden Abend im Restaurant essen. Sie ist ganz wild auf gebratenen Fisch und all solche Sachen. Mir ist es ziemlich gleich, was ich esse, bis auf gebackene Kartoffeln, so wie die hier jetzt. Jeder hat nur ein einziges Leben, und das ist unser wirkliches Leben, es beginnt an der Wiege und endet im Grab. Ich warne Dorothy jedes Mal, wenn ich sie sehe, dass ihr Leben, wenn sie nicht aufpasst, ganz elend und verhungert am Straßenrand liegen bleibt und sie ohne es ins Grab muss. Je weiter man dem Regenbogen folgt, desto schwerer fällt es einem, zu dem Leben zurückzufinden, das man aufgegeben hat wie ein alter Köter. Manchmal, wenn man älter wird, hat man eine Erleuchtung und würde so furchtbar gern dorthin zurückkehren, wo man sein Leben gelassen hat, aber es gelingt einem nicht, da wieder hinzukommen – nicht oft. Es ist immer besser, auf der Seite des Lebens zu bleiben. Ich habe Dorothy gesagt, dass das Leben kein Baum ist mit Millionen von verschiedenen Blüten dran.« Sie sann einen Augenblick schweigend darüber nach und fuhr dann fort: »Sie hat eine Büchse, in die tut sie Pennys und Nickel, wenn sie meint, sie treibt es zu bunt, und dieses Geld aus der Büchse nimmt sie dann, um in der Kirche Kerzen zu kaufen. Das ist aber auch schon alles, was sie für ihr Seelenheil tut, und das ist für eine erwachsene Frau zu wenig.«

Mr. Drakes Gesicht verriet die Anspannung, mit der er sich bemühte, ihren Worten genau zu folgen, doch seine Angst, sie könnte ihm ein persönliches Geheimnis ihrer Schwester verraten und es hinterher bereuen, war so groß, dass er sich nur darauf konzentrieren konnte. Er war fest entschlossen, ihr Einhalt zu gebieten, wenn sie zu weit ging.

Die Kartoffeln waren gar, und Mrs. Perry bot ihm zwei an.

»Kartoffeln gefällig?«, fragte sie ihn. Der Wind war kühler geworden, seit sie sich gesetzt hatten, und blies um den Schweinestall.

»Was sagen Sie zu diesen fürchterlichen kalten Nächten jetzt? Macht Ihnen das was aus?«, fragte Mrs. Perry.

»Aber ja doch«, sagte John Drake.

Sie schaute aufmerksam in sein Gesicht. »Rot wie eine Kirsche«, dachte sie.

»Ich würde ja vielleicht lieber in einem warmen Klima leben, vielleicht«, sagte Mr. Drake bedächtig und mit träumerischem Blick, »wenn ich was vom ständigen und unnötigen Erst-das-und-dann-das halten würde. So ein ewiges Hin und Her, meine ich.« Er wurde wieder rot, denn er war auf ein Thema gekommen, das ihm naheging.

»Ja, ja«, sagte Mrs. Perry. »Immer wieder was Neues, das bringt nichts.«

»Als ich jünger war, hatte ich die Chance, in den Süden zu gehen, nach Florida«, fuhr er fort. »Ich bekam ein Angebot, bei einer Alligatorenfarm mitzumachen, aber das war keine sichere Sache. Es hätte ja schiefgehen können. Es war nicht das Risiko, vor dem ich zurückschreckte, denn ich habe mir immer sehnlichst gewünscht, Palmen, Kokosnüsse und so was zu sehen. Ich war einfach der Meinung, dass ein Mann schon einen sehr guten Grund haben muss, um so herumzuziehen. Ich glaube, das hat mich schließlich davon abgehalten, runter nach Florida zu gehen und Alligatoren zu züchten. Das Geld war's nicht, denn bei uns in der Familie war Geld nicht die Nummer eins. Damals wie heute bin ich der Auffassung, dass ein Mann, der sein Zuhause verlässt, einen wirklich sehr guten Grund haben muss – wie die Burschen, die losgezogen sind und den Panama-Kanal gebaut haben oder sonst was Vernünftiges. Sonst, finde ich, sollte man lieber in seiner Heimat bleiben, damit niemand irgendwo anders über einen sagen kann: ›Glaubt der etwa, dass er hier was tun kann, was wir nicht auch selber können?‹ Zumindest glaube ich, dass man das dort über jemanden wie mich sagen würde, wenn ich da mit einem zweifelhaften Unternehmen aufkreuzte und das meine einzige Rechtfertigung dafür wäre, dass ich meine Heimat verlassen habe. Mein Bruder denkt da völlig anders. Er bleibt nirgendwo länger als drei Monate.« Er aß seine Kartoffel mit betrübter Miene und schüttelte den Kopf.

Mrs. Perrys Gedanken waren abgeschweift, und sie schreckte richtig zusammen, als er plötzlich aufstand und ihr die Hand hinstreckte.

»Ich muss jetzt gehen«, sagte er, »aber wollen Sie nicht als Dank für die Kartoffeln morgen Abend mit mir ins Restaurant essen gehen?«

Mrs. Perry hatte seit vielen Jahren keine solche Einladung mehr erhalten, nachdem sie sich bewusst vom Leben in der Stadt zurückgezogen hatte, und wusste nicht, was sie ihm darauf antworten sollte. »Meinen Sie, ich sollte wirklich?«, fragte sie.

Mr. Drake ermunterte sie, und sie nahm seine Einladung an. Am nächsten Nachmittag wartete Mrs. Perry am Fuß des kurzen Zementstegs unterhalb des Hauses auf den Bus. Sie brauchte wegen eines lavendelfarbenen Kleides, das ihr nicht mehr passte, Rat und Hilfe von ihrer Schwester. Sie selbst hatte nie gut nähen können und wenig Erfahrung mit dem Umändern. Sie wollte dieses Kleid bei ihrer Verabredung mit John Drake im Restaurant anziehen und trug es zusammengefaltet unter dem Arm.

Dorothy Alvarez bewohnte eine Doppelhaushälfte in einer Seitenstraße. Sie saß im Wohnzimmer und unterhielt sich mit einem Mann, als Mrs. Perry läutete. Das Wohnzimmer war tipptopp, doch wegen der vielen grellfarbenen und verschlungenen Muster in den Vorhängen und Möbelbezügen wenig einladend; am beunruhigendsten aber war ein bombastisches orange-schwarzes Blumentopf-Dessin, das sich ein Dutzend Mal auf dem Linoleumboden wiederholte.

Dorothy zog den Vorhang beiseite und spähte hinaus, um zu sehen, wer bei ihr schellte. Sie war eine kleine Person mit Kraushaar und ungleichmäßig dicken Wangen, die sie hellrosa geschminkt hatte.

Sie war höchst erstaunt, als sie beim Hinausschauen ihre Schwester entdeckte, die sie erst für nächste Woche erwartet hatte.

»Oh!«, rief Dorothy aus.

»Wer ist da?«, fragte ihr Gast.

»Meine Schwester. Besser, du verschwindest jetzt hier, sie muss was ganz Wichtiges haben, das sie mit mir bereden will. Am besten, du gehst durch die Hintertür raus. Sie hat's nicht gern, wildfremden Leuten in die Arme zu laufen.«

Der Mann war verärgert und ging, ohne sich von Dorothy zu verabschieden. Sie rannte zur Tür und ließ Mrs. Perry herein.

»Setz dich«, sagte sie und zog sie ins Wohnzimmer. »Setz dich und erzähl mir, was es Neues gibt.« Sie schüttelte aus einer Tüte Bonbons in eine Glasschale.

»Ich möchte gern, dass du mir dieses Kleid umänderst oder mir dabei hilfst«, sagte Mrs. Perry. »Ich brauch es für heute Abend. Ich treffe mich mit meinem Nachbarn Mr. Drake im Restaurant hier vorn in der Straße. Also hab ich mir gedacht, ich könnte mich bei dir umziehen und von hier aus losgehen. Wenn du's selber machst, würde ich dir auch Geld dafür geben.«

Dorothy machte ein langes Gesicht. »Warum willst du mich dafür bezahlen, wo ich doch deine Schwester bin?«

Mrs. Perry sah sie wortlos an. Sie gab keine Antwort, weil sie es selbst nicht wusste. Dorothy ließ ihre Schwester das Kleid anprobieren und steckte es da und dort mit Nadeln ab. »Ich freu mich, dass du endlich mal ausgehst«, sagte sie. »Willst du nicht die Perlen haben?«

»Wenn du eine Kette entbehren kannst, nehm ich sie.«

»Na, hoffentlich ist das der Richtige für dich«, sagte Dorothy, taktlos wie immer. »Ich würde alles dafür geben, dass du dich mal verliebst, du würdest dann sicher nicht mehr in dem grässlichen Haus wohnen wollen, sondern irgendwo hier in die Nähe ziehen. Stell dir vor, was sich alles für mich verändern würde … Du würdest auch munterer werden, wenn du einen Mann hättest, den du lieb hast. Nicht wie der letzte … Wahrscheinlich hör ich nie auf, zu träumen und zu hoffen«, fügte sie nervös hinzu, weil ihr, wie immer jedoch etwas zu spät, bewusst wurde, dass ihre Schwester es hasste, diese Dinge zu bereden. »Glaub nicht«, begann sie ohne Überzeugungskraft, »dass ich hier die ganze Zeit so glücklich bin. Natürlich bin ich nicht so ernsthaft und gesetzt wie du …«

»Ich weiß gar nicht, wovon du eigentlich sprichst«, sagte Mrs. Perry und wand sich ungeduldig auf ihrem Platz. »Ich geh doch nur essen.«

»Wenn du mir doch nur ein bisschen näher wärst«, sagte Dorothy weinerlich. »An manchen Abenden werde ich richtig trübsinnig in diesem Wohnzimmer.«

»Nehm ich dir nicht ab, dass du sehr trübsinnig wirst«, bemerkte Mrs. Perry kurz.

»Egal. Aber wenn du schon mal ausgehst, warum bist du dann nicht ein bisschen aufgekratzt?«

»Ich *bin* aufgekratzt«, antwortete Mrs. Perry.

Mrs. Perry machte die Tür des Restaurants hinter sich zu und durchquerte den ganzen Raum und schaute auf der Suche nach ihrem Begleiter in jede Nische. Offensichtlich war er noch nicht da, deshalb wählte sie eine leere Nische aus und setzte sich auf die Holzbank. Nach fünfzehn Minuten stand für sie fest, dass er nicht mehr kommen würde, und um die Kränkung abzuschütteln, die ihr widerfahren war, widmete sie ihre ganze Aufmerksamkeit der Speisekarte, so dass es ihr schließlich gelang, Mr. Drake aus ihren Gedanken zu verbannen. Während sie die Karte studierte, legte sie ihre Perlenkette ab und steckte sie in die Handtasche. Sie hatte die Kellnerin gerufen und bestellte gerade Schweinefleisch, als Mr. Drake ankam. Er begrüßte sie mit einem schüchternen Lächeln.

»Ich sehe, Sie bestellen schon«, sagte er und zwängte sich ihr gegenüber in die Nische. Bewundernd schaute er auf ihr lavendelfarbenes Kleid, das ihr weißes Dekolleté freigab. Er hätte es lieber gesehen, wenn sie ohne Kopfbedeckung gewesen wäre, denn er liebte Frauenhaar. Sie trug einen unvorteilhaften schwarzen Filzhut, den sie immer und bei jedem

Wetter aufsetzte. Mr. Drake dachte mit größtem Vergnügen an das Kartoffelfeuer zurück, und seine Aufregung, sie wiederzusehen, war größer, als er erwartet hatte.

Leider schien sie nicht die geringste Neigung zu verspüren, sich mit ihm zu unterhalten, und so verstummte er schon nach kürzester Zeit. Während der ersten Hälfte des Essens sprachen sie kein Wort miteinander. Mr. Drake hatte eine Flasche Wein bestellt, und nachdem Mrs. Perry ihr zweites Glas getrunken hatte, brach sie schließlich das Schweigen: »Ich glaube, in Restaurants wird man übers Ohr gehauen.«

Es freute ihn, dass sie überhaupt etwas sagte, auch wenn es nicht gerade freundlich war.

»Aber man will doch unter Leuten sein, und darum zahlt man für kleine Portionen eben ordentliche Preise«, sagte er, sehr zu seiner eigenen Überraschung, denn er hatte sich stets für einen Einzelgänger gehalten und sich auch dementsprechend verhalten. Er vermutete in Mrs. Perry eine verwandte Seele, und dennoch hatte er das seltsame Bedürfnis, sich mit ihr unter die Leute zu mischen.

»Glauben Sie nicht, dass ich recht habe mit dem, was ich sage?«, fragte er zögernd. Auf seinem Gesicht erschien ein merkwürdig verkrampftes Lächeln, und die unnatürlich starre Kopfhaltung verriet, wie angespannt er war.

Mrs. Perry wischte ihren Teller mit einem Stück Brot sauber. Da sie nur alle Jubeljahre Alkohol trank, stieg ihr der Wein rasch zu Kopf.

»Um wie viel Uhr fährt der Bus hier vor dem Lokal ab?«, fragte sie mit beträchtlicher Lautstärke.

»Wenn Sie es wirklich wissen wollen, kann ich das feststellen. Gibt es einen Grund, warum Sie es jetzt wissen wollen?«

»Ich muss irgendwann nach Hause, damit ich morgen früh aus dem Bett komme.«

»Selbstverständlich fahre ich Sie mit meinem LKW nach Hause, wann immer Sie wollen, aber ich hoffe, Sie bleiben noch.« Er beugte sich vor und forschte ängstlich in ihrem Gesicht.

»Ich komme schon allein heim«, sagte sie missmutig, »und ob jetzt oder später, bleibt sich doch gleich.«

»Nein, das stimmt nicht«, widersprach er tief gekränkt, denn ihre ausgesprochen feindselige Haltung war nicht mehr zu übersehen. Er hatte das Gefühl, dass er sie um jeden Preis zurückhalten und ihre Zuneigung gewinnen musste. Der Wein beflügelte ihn bei dieser plötzlichen Initiative, denn es entsprach im Allgemeinen überhaupt nicht seiner Art, sich für etwas, das er haben wollte, anzustrengen. Er fing an, hastig und mit Eindringlichkeit auf sie einzureden.

»Ich möchte mich einen ganzen Abend lang mit Ihnen unterhalten oder sogar eine ganze Woche«, sagte er, wobei er nervös auf seiner Bank hin und her rutschte. »Ich kenne hier weit und breit alle Restaurants und Tanzlokale. Ich kann über meinen LKW verfügen, und niemand kann mich daran hindern, Urlaub zu machen, wenn mir danach zumute ist. Es ist schon lange her, dass ich Urlaub gemacht habe – das letzte Mal in meiner Schulzeit, wo ich jedes Jahr Sommerferien bekam. Ich habe mich nur selten in diesen Gasthäusern aufgehalten, aber die Besitzer kenne ich alle, ich wohne ja schon mein Leben lang hier in der Gegend. Es gibt ein Tanzlokal, das am See liegt. Ich kenne den Besitzer. Wenn wir dorthin fahren, könnten wir uns verdrücken und um den See herumspazieren, wenn Sie Lust drauf haben.« Sein Gesicht war rot wie nie zuvor, und er schien vorübergehend all seine Zurückhaltung und Besonnenheit aufgegeben zu haben, die am Abend davor so typisch für ihn gewesen waren. Etwas in Mrs. Perrys Wesen, das er zunächst nur undeutlich wahrgenommen hatte, hörte er jetzt aus ihrer Gereiztheit deutlich heraus, es klang wie ein dunkler Glockenschlag in ihm nach und stieß ihn gewaltsam zurück in einen Zustand größter Verlorenheit und Hilflosigkeit. Sein Verlangen, ein freundliches Wort von ihr zu hören, wurde von Minute zu Minute größer.

Mrs. Perry saß da und trank ihren Wein immer schneller, und mit jedem neuen Glas wuchs ihr Groll.

»Ich kenne auch alle Tanzlokalbesitzer in der Gegend«, sagte sie. »Die kommen zu meiner Schwester Dorothy Alvarez nach Hause zum Biertrinken, wenn sie sich einen freien Tag machen. Ich brauche niemand Neues kennenzulernen und keine neuen Lokale auszuprobieren. Ich kenne sogar dieses Lokal, in dem wir essen, von ganz früher her. Ich habe hier ein paar Mal mit meinem Mann gegessen.« Sie schaute sich um. »Ich erinnere mich an *ihn*«, sagte sie und zeigte mit ausgestrecktem Arm auf den Besitzer, der gerade aus der Küche gekommen war.

»Wie geht's Ihnen nach so langer Zeit?«, rief sie ihm zu.

Mr. Drake war unschlüssig, was er tun sollte. Er hatte nicht bemerkt, dass Mrs. Perry schon so betrunken war, wie es jetzt der Fall zu sein schien. Normalerweise wäre ihm das peinlich gewesen, und er hätte nichts Eiligeres zu tun gehabt, als sie aus dem Lokal zu führen, aber nun dachte er sich, dass sie angetrunken vielleicht zugänglicher war, und allein darauf kam es ihm an. »Ich bleibe hier bei Ihnen, so lange Sie wollen«, sagte er.

Mrs. Perry schwirrte der Kopf von seinen Worten. »Worauf sind Sie eigentlich aus?«, fragte sie und lehnte sich schwer gegen die Bank.

»Auf nichts Unehrenwertes«, sagte er. »Ganz im Gegenteil, etwas höchst Ehrenwertes, wenn Sie einverstanden sind.« Mr. Drake war so durcheinander, dass er nicht mehr genau wusste, was er sagte, doch Mrs. Perry verstand seine Worte als Heiratsantrag, und genau dies hatte er sich insgeheim auch erhofft. Mrs. Perry betrachtete selbst dieses aufregende Angebot durch eine Wolke von Unmut.

»Vermutlich hätten Sie es gern«, sagte sie mit freudlosem Lächeln, »dass Ihnen eine Frau dreimal täglich die Kartoffeln stampft. Aber ich bin keine Kartoffelbreistampferin, bin es nie gewesen. Mir wär's lieber«, fügte sie mit schriller Stimme hinzu, »dass *er mir* die Kartoffeln in der Küche eines großen Restaurants zerstampft.« Sie nickte zu dem Besitzer hin, der vor der Küchentür stehen geblieben war, um Mrs. Perry zu beobachten. Diesmal grinste er und zwinkerte ihr zu.

Mrs. Perry durchwühlte ihre Handtasche nach einem Taschentuch, und als sie die Perlenkette ihrer Schwester erwischte, zog sie sie heraus und legte sie in die Bratensoße auf ihrem Teller. »Ich bin keine Kartoffelstampferin«, wiederholte sie, kletterte dann ohne Vorwarnung aus der Nische heraus und schwankte den Gang zwischen den Tischen entlang. Sie entschwand am Ende des Lokals auf einer dunkelbraunen

Treppe nach oben. Beide, Mr. Drake und der Besitzer, nahmen an, dass sie zur Damentoilette ging.

Tatsächlich suchte Mrs. Perry nicht so sehr die Toilette als überhaupt irgendeinen Ort, wo sie allein sein konnte. Sie ging einen Flur entlang, stieß linker Hand eine Tür auf und schloss sie hinter sich. Eine Minute lang stand sie im Dunkel da; als sie dann eine Kordel über ihre Stirn streifen fühlte, zerrte sie so heftig daran, dass sie beinah die Glühbirne samt Fassung heruntergerissen hätte. Grelles Deckenlicht erhellte den Raum.

Sie stand am Fußende eines Doppelbetts mit einem hohen viktorianischen Kopfbrett. Sie sah sich um und bemerkte unter einem schmalen Fenster einen Stuhl, sie ging zum Fenster, stieß es auf und sicherte es mit einem kleinen Holzriegel; dann setzte sie sich hin.

»Das ist ideal«, sagte sie laut und schaute mit starrem Blick in das kleine, hässliche Zimmer. »Ein Geschenk des Himmels, zweifellos.« Sie presste die Hände so fest zusammen, dass die Knöchel weiß hervortraten. »Wie ich das hier liebe! Wie ich das liebe! Wie ich das liebe!«

Sie hielt mit schwungvoll ausladender Gebärde einen Arm aus dem Fenster hinaus, da sie aber nicht bemerkt hatte, dass es in Strömen goss, war ihr lavendelfarbener Ärmel im Nu durchnässt.

»Großer Gott!«, sagte sie grinsend. »Hier regnet's. Die Leute unten an den Tischen spüren nichts vom Regen, aber ich schon, und das gefällt mir.« Huldvoll lächelte sie in den Regen hinaus. Sie döste vor sich hin und war sich bald ganz sicher, dass sie von ihrem Platz aus in ihr eigenes Zimmer gelangen konnte, ohne überhaupt ins Restaurant zurückkehren zu müssen. »Ich habe mir den Schleichweg mein ganzes Leben lang offengehalten«, murmelte sie mit schwerer Stimme, »damit ich immer zurückkann.«

Einige Augenblicke später sagte sie: »Da sitze ich nun.« Auf ihrem Gesicht zeigte sich ein Ausdruck bösartiger Genugtuung. Sie machte einen müden Versuch, sich aufzurichten. Lange hielt sie diese Vorstellung in Bann, erst nach und nach verblasste sie und löste sich schließlich ganz auf. Als sie ihren vor Kälte zitternden Arm aus dem Regen zog, rannen ihr die Tränen über die Wangen. Schluchzend kroch sie auf das große Doppelbett, wo sie mit dem Gesicht nach unten und den Hut noch auf dem Kopf einschlief.

Inzwischen war der Restaurantbesitzer leise die Treppe hinaufgegangen, weil er hoffte, sie abzufangen, wenn sie die Toilette verließ. Ihre Aufmerksamkeit hatte ihm geschmeichelt, und er vermutete, dass es angesichts ihrer Trunkenheit ein Leichtes sein würde, einen Kuss von ihr zu ergattern und vielleicht sogar mehr. Als er den Lichtschein unter seiner eigenen Schlafzimmertür sah, fuhr er sich mit der Zunge über die Unterlippe und lächelte. Dann ging er auf Zehenspitzen die Treppe hinunter, wobei er sich zurechtlegte, was er Mr. Drake sagen würde.

Das Lokal war inzwischen leer, und als der Besitzer die letzte Treppenstufe erreichte, sah er Mr. Drake den Gang zwischen den Tischen auf und ab gehen.

»Ich mache mir Sorgen wegen meiner Bekannten«, sagte Mr. Drake und eilte ihm entgegen. »Ich habe Angst, sie könnte vielleicht auf der Toilette umgekippt sein.«

»Um die Wahrheit zu sagen«, antwortete der Besitzer, »sie

ist in einem unbelegten Schlafzimmer im ersten Stock umgekippt. Aber keine Sorge. Meine Tochter wird sich um sie kümmern, falls sie aufwacht und es ist ihr schlecht. Ich habe ihren Mann gekannt. Sie können jetzt gar nichts für sie tun.« Er steckte die Hände in die Taschen und sah Mr. Drake mit ernstem Blick in die Augen.

Mr. Drake, der sich einer derart delikaten Situation nicht gewachsen fühlte, zahlte seine Rechnung und ging. Draußen verkroch er sich in seinen frisch lackierten roten LKW und lauschte niedergeschlagen dem Regen.

Mrs. Perry erwachte am nächsten Tag kurz nach Sonnenaufgang. Dank ihrer ausgezeichneten Konstitution war ihr nur ein bisschen übel, dennoch blieb sie lange reglos im Bett liegen und starrte auf die Wände. Allmählich wurde ihr klar, dass sich das Zimmer, in dem sie lag, über dem Restaurant befand; wie sie jedoch dorthin gekommen war, konnte sie sich nicht erklären. An das Abendessen mit Mr. Drake erinnerte sie sich; nur dunkel aber an das, was sie ihm gesagt hatte. Ihm für ihre jetzige Situation die Schuld zu geben, fiel ihr nicht ein. Keine Spur von Hysterie, dass sie sich in einem fremden Bett wiederfand, denn sie war zwar eine ständig angespannte und nervöse Frau, doch sie besaß eine große Gefühlstiefe und war nicht leicht aus der Bahn zu werfen.

Sie fühlte sich ausgesprochen glücklich und dachte an ihren Onkel, der vor fünfzehn Jahren auf einer Tagung unter Bewusstseinsstörung gelitten hatte und den ganzen Vormittag in der Stadt herumgelaufen war, ohne zu wissen, wo er sich befand. Sie lächelte.

Sie ruhte sich noch eine Weile aus, stand dann auf und zog sich an. Sie ging auf den Flur hinaus, sah die Treppe und stieg mit angehaltenem Atem und pochendem Herzen hinunter, denn sie wollte unbedingt ins Restaurant zurück.

Der Raum war durchflutet von Sonnenlicht, und es roch noch nach Fleisch und Bratensoße. Leicht schwankend ging sie den Gang zwischen den Holznischen und Tischen entlang, die Tische waren leergeräumt und abgewischt. Sie schaute ängstlich suchend von einem zum andern und hoffte, die Nische, in der sie gesessen hatten, ausfindig zu machen. Vergeblich. Die Tische sahen alle gleich aus. Diese Anonymität machte mit einem Mal ihre Zärtlichkeit nur noch größer.

»John Drake«, flüsterte sie. »Mein lieber John Drake.«

Aus dem Englischen von Adelheid Dormagen

Sarah Kirsch
Merkwürdiges Beispiel weiblicher Entschlossenheit

Frau Schmalfuß war 28 und hatte immer noch kein Kind. Das hatte folgende Gründe:

Eine landläufige Meinung besagt, jede Frau habe sechs kleine Schönheiten. Diese Aussage scheint statistisch nicht ungesichert, trifft aber, wie alle statistischen Aussagen, nicht auf jeden Einzelfall zu. Frau Schmalfuß verfügte über vier Schönheiten; 1. schräg geschnittene Augen, deren Augenwinkel sich bis unter den Haaransatz zogen, 2. Hände, die gemalt zu werden verdient hätten, 3. ein Hinterteil hübscher ausgewogener Rundung, 4. die Beine. Leider endeten die Beine rechtwinklig in langen, breiten flachen (nicht platten) Füßen. – Obwohl die vier Schönheiten, jede einzeln, den Neid mancher Geschlechtsgenossin hervorzurufen geeignet waren und ab und an ihn auch hervorriefen, war doch ihre gegenseitige Zuordnung derart ungünstig und die Entfernung der einen Schönheit von der anderen so beträchtlich, dass die störenden Elemente zwischen ihnen sie verdunkelten und die Blicke abstießen, die, wenn sie länger verweilt hätten, der Schönheiten innegeworden wären. Deshalb hatte Frau Schmalfuß zeit ihres Lebens mit keinem Manne näheren Umgang anknüpfen können.

Die Vorzüge eines Menschen müssen nicht ausschließlich physischer Natur sein. Frau Schmalfuß bekam die Achtung, die Kollegen und Mitarbeiter ihr für ihre Arbeitsleistung und ihr kollegiales Verhalten zollten, regelmäßig zu spüren. In der Kantine hieß es: Alle Achtung, wie die sich zusammennimmt! Oder: Der wäre etwas mehr Glück zu gönnen gewesen! Manchmal, in unbewachten Augenblicken, an Sommerabenden auf dem Heimweg oder unter der Dusche, gestand sie sich, weniger Achtung wäre ihr lieber; einmal, sie ging durch die Schrebergärten, beschimpfte hinter einer Fliederhecke ein offensichtlich angetrunkener Alter seine Frau: Mit der hätte sie, für den Bruchteil einer Sekunde, tauschen mögen. Aber sie hatte sich fest in der Hand und suchte das Glück in der Arbeit. In ihrem Korridor hingen Urkunden, die sie als Siegerin in Wettbewerben, Aktivistin und Teilnehmerin mehrerer Lehrgänge auswiesen. Der Umstand, dass sie unbemannt und noch ohne Kinder war, ließ sie ihren Kollegen, ohne dass sie es sich lange überlegt hätten, besonders geeignet erscheinen, sie in haupt- und ehrenamtlichen Funktionen zu vertreten. Bei allen gesellschaftlichen Anlässen hörte man ihren Namen nennen, sie Auskunft geben, und auf den Betriebsweihnachtsfeiern beschenkte sie seit vielen Jahren als Knecht Ruprecht die Kinder der verschiedenen Abteilungen.

Sie erfüllte alle ihr aufgetragenen Aufgaben gewissenhaft und ohne für sich einen Vorteil herauszuschlagen.

Im März des vergangenen Jahres zog sie ihren weiten Kamelhaarmantel an, den sie trug, wenn sie im Namen des

Frauenausschusses Wöchnerinnen besuchte, und fuhr mit der Linie 17 in die Vorstadt. Als sie sich des Päckchens entledigt hatte, selbstgestrickte winzige Handschuhe beigab und wieder auf dem schmalen Zementweg stand, der zwischen Häusern und Gärten sich durchwand, war sie eigenartig bewegt. Die Schneeglöckchen schaukelten, die Schwertlilien hoben die Erde an, den kahlen Bäumen rann das Wasser die Stämme entlang, schwarze Wolken rasten im Wind auf die Antennen zu, und mitten in dieser aufgewühlten fröhlichen Landschaft hätte sie gern einen kleinen weißen Kinderwagen gesehen und sich selbst als seine Fahrerin gefühlt: mit noch geschwächten Knien von der vorangegangenen Entbindung, mit einem wohlig schmerzenden Rücken, sei's nun vom Stillen oder dem täglichen Wäschewaschen.

Solche Bilder stellten sich von der Zeit an öfter vor ihre Augen. Sie schaute in jeden Kinderwagen und war einerseits befriedigt, wenn so ein ganz Kleines tief unten, in seiner Höhle geschützt, nur zu vermuten war, andererseits ärgerte es sie, dass sich der Gegenstand ihrer Neigung so vor ihr verbarg. Als sie sich ihres Zustandes, welcher ja nur ein psychischer und kein physischer war, so recht bewusst wurde, beschloss sie, etwas für sich zu unternehmen. Sie stellte die These auf, nach der sie geradezu verpflichtet war, der Gesellschaft persönlich noch nützlicher als bisher zu sein. Ich verdiene gut, rechnete sie sich vor, ich habe eine moderne, gut eingerichtete Zweizimmerwohnung, mehrere große Reisen, einmal ins befreundete Ausland, oftmals unternommen – es wäre verantwortungslos, weiterhin so eigennützig durchs Leben zu gehen. Ja, ein Kind wollte sie haben.

An Heirat dachte Frau Schmalfuß nicht. Hatte sie bisher niemanden zu solch einem Schritt veranlassen können, wie sollte es ihr jetzt gelingen, wo die erste Jugend hinter ihr lag, sie ein selbstständiger Mensch geworden war und durch das lange Alleinsein Eigenheiten angenommen hatte, die nicht mehr abzustreifen und einer Ehe sicherlich abträglich gewesen wären. Aber sie ließ eine ganze Anzahl Männer an ihren schönen schräg geschnittenen Augen vorbeidefilieren, alle, die sie kannte im zeugungsfähigen Alter und denen sie wegen ihres Fleißes und aufrechten Verhaltens viel Achtung entgegenbrachte. Die Siegespalme erhielt Friedrich Vogel, der Meister in der Gießereiabteilung. Er war unverheiratet und von sehr angenehmer Gestalt. Da brauchte sie also keinen Ehebruch zu betreiben, obwohl der gesellschaftliche Anlass sie ihrer Meinung nach auch dazu berechtigt hätte, da konnte sie gewiss sein, ihrem künftigen Kinde nach bestem Wissen und Gewissen einen Vater mit überdurchschnittlichen charakterlichen und körperlichen Eigenschaften ausgesucht zu haben. Denn sie glaubte an Vererbung ebenso wie an den Einfluss einer sozialistischen Umwelt auf das Kind, das sie eben sozusagen auf das Reißbrett projizierte.

Nicht ohne Bedeutung für ihre Wahl war die Tatsache, dass Friedrich Vogel ein Holzbein trug. Er hatte sich so in der Gewalt, dass er umherlief wie jeder andere Mensch seines Alters, auch wenn die Witterung umschlug und Schmerzen verursachte, und selbst wenn es zur Bildung von Glatteis kam. Die Prothese war kein Mangel in ihren Augen, eher das Gegenteil, aber sie versprach sich von ihr Erleichterungen bei der Durchführung ihres Planes.

81

Sie beschloss, keine geldlichen und ideellen Ansprüche an den Vater ihres Kindes zu stellen. Der Sohn oder die Tochter würde von ihr erzogen werden, und sie erwog, dem Kind eine glaubhafte Geschichte zu erzählen, die Abwesenheit des Erzeugers zu begründen. Vielleicht war er einem Autounfall zum Opfer gefallen? Oder hatte ihn als Grenzsoldat eine feindliche Kugel getroffen? Aber es gab ja viele Familien, die nur aus Mutter und Kind bestanden. Und warum sollte Friedrich Vogel nicht eines Tages – die Jugendweihe wäre der gegebene Anlass – auf der Bildfläche erscheinen und dem Kinde eine wertvolle Armbanduhr schenken?

Ja, das war die Lösung. Denn Frau Schmalfuß klopfte das Herz, wenn sie daran dachte, den Kindesvater, wenn auch mit Worten, unter ein Auto zu stoßen oder ihn gar einem feindlichen Anschlag auszusetzen. Sie hatte sich mit Friedrich Vogel dermaßen eindringlich beschäftigt, dass ihr ganz warm und eng in der Brust wurde, wenn sie an ihn dachte. Und obwohl noch kein Stück ihrer prognostischen Überlegungen in die Tat umgesetzt war, begann eine Zeit mit fröhlichen Augen am Tage und wunderlichem Traumzeug bei Nacht. Sie, die bisher nach all der Arbeit und den gesellschaftlichen Aufgaben am Abend traumlos in die Kissen gesunken war und ohne viel Federlesens einfach schlief und wieder aufstand, träumte nun seltsame Landschaften und Zimmer mit Treppen. Morgens versuchte sie sich zu erinnern, den angenehmen Zustand des Traums zu erhalten – aber was war das eigentlich alles gewesen? Eine riesige Pappelallee, mächtige Ständer – doch zu dieser Deutung fehlten ihr alle Voraussetzungen, und eigentlich lag sie ihr fern. Sie wunderte sich also und vergaß den Anblick.

Nun mussten Taten folgen. Frau Schmalfuß kaufte sich eine Kollektion bunter Tücher, wand sich jeden Tag ein anderes um den Kopf und ließ sich in der Gießerei sehen. Die Kranführer pfiffen, sie stieg durch Nebel und Hitze, allerlei Schreibkram bei sich führend, und stellte Friedrich Vogel in der Kernmacherei. Sie setzten sich vor den Formsand und besprachen Angelegenheiten der Gewerkschaft. Frau Schmalfuß ließ durchblicken, dass sie gern mit dem Vogel über eine andere gesellschaftlich hart anstehende Sache geredet hätte, aber nicht hier bei dem Krach. Wo?, fragte Friedrich Vogel, vielleicht zu Hause bei mir? Wir sind ungestört und können einen Schlehen-Wodka trinken. Er hatte einen Scherz machen wollen. Ihr Kopftuch bauschte sich so abenteuerlich über den schrägen Augen, Mäander liefen den Hals hinab, und schwarze Rauten erinnerten ihn an irgendwas Heiteres. Aber: Abgemacht!, sagte Frau Schmalfuß, ich bin auch mal froh, den Betrieb nicht zu sehen, und brachte die schönen Hände zur Geltung.

Die Verabredung war getroffen, zu abendlicher Stunde, das könnte ihrem Plan vorteilhaft sein. Wie sollte sie aber vorgehen? Mit welchen Worten das Anliegen nennen? Sollte sie einfach dem Wodka, dem Vogel Schlehen beigab, vertrauen? Das wäre unkollegial, es half nichts, sie würde eine Erklärung abgeben müssen.

In den Tagen vor der Verabredung ging Frau Schmalfuß doch sorgenvoll ihrer Arbeit nach, unterzog den Kleiderschrank einer eingehenden Prüfung, brachte einen Rock in die Schnellreinigung, kaufte einen roten Pullover. Und jeden Abend vor dem Einschlafen legte sie sich die Worte für Friedrich Vogel zurecht, die sie morgens wieder verwarf.

Sie wollte die Entstehung ihres Kindes keinem Zufall überlassen, andererseits fühlte sie sich nicht beredt genug, Friedrich Vogel an einem Abend zu überzeugen. Und wenn er wiederkäme? Daran verbot sie sich zu denken, für drei Leute war die Wohnung zu klein. Aber im Betrieb sähe sie ihn jeden Tag – ach Unsinn, sagte sie sich, und dass es nur darauf ankäme, alles richtig anzustellen, das würde jede Peinlichkeit vermeiden.

Der Abend, es war der eines Mittwochs, kam heran. Sie zog doch nicht den vorgenommenen Rock, den neuen Pullover, sondern ein leichtes frauliches Wollkleid an. Sie nahm den Mantel und die Tasche über den Arm und erreichte die Vogelsche Wohnung zu Fuß.

Ein kleiner Flur, rechts die Küche, gradaus die Tür in das Zimmer. Die Möbel gehörten einem Typensatz an, der Sessel, zu dem Vogel sie geleitete, trug einen schwarzgelben Bezug. Friedrich war in die Küche gegangen. Sie sah die Wände entlang: eine Menge Bücher, Amundsen, das Eisbuch, Humboldts Reisen – das Kind würde wahrscheinlich ein Junge werden – und dazwischen aus Stroh geklebte Bilder, Schiffe und Palmen auf schwarzem Untergrund. Ihr Gastgeber kam mit einem Tablett und dampfenden Teegläsern zurück. Ja, die Bilder stelle er selbst her. Strohhalme würden eingeweicht, gespalten, geplättet und zu den gewünschten Motiven verklebt. Er ging zu einem Schrank mit vielen Schubladen. Er öffnete die oberste, entnahm ihr ein Bild und gab es Frau Schmalfuß. Unter dem Glas türmte sich diesmal sehr helles Stroh zu massiven Gletschern, das Meer war gefroren, der Untergrund zog schwarze Risse durchs Eis. Mühsam schien sich ein Eisbrecher (eine schwere Maschine aus dunklem Stroh) doch vorwärts zu wälzen, und über den Gletschern klebte eine rote tintige Sonne. Hier habe ich Trinkhalme aus Kunststoff genau wie das Stroh behandelt, erklärte Friedrich Vogel, beim Plätten muss man sehr vorsichtig sein. Das Bild vom Eisbrecher wurde ihr zum Geschenk, und sie nahm es als gutes Omen. Später würde sie dem Jungen erzählen: Auf solch einem Schiff am Nordpol verrichtet dein Vater schwere, verantwortungsvolle Arbeit, von Eisbären umgeben. Aber jetzt war der Vater noch nicht der Vater – Frau Schmalfuß riss sich aus ihren Träumen und verlangte einen Schlehen-Wodka. Denn sie brauchte doch eine geringfügige Unterstützung, ihr Anliegen an den Mann zu bringen. Friedrich Vogel öffnete diesmal die unterste Schublade und stellte eine Flasche auf den Tisch. Dem Tee hatten beide nur mäßig zugesprochen. Frau Schmalfuß, weil sie fürchtete, sich zu sehr aufzuregen, Friedrich Vogel, weil er ihn sowieso nur als ein Zugeständnis an den Damenbesuch betrachtet hatte.

Sie ist wirklich eine schöne Person, dachte er und sah sie von oben bis unten an. Na, wo drückt denn der Schuh?, fragte er, und sie sah auf ihre Füße und fühlte, dass ihr das Blut aus der Körpermitte ins Gesicht stieg. Sie seufzte und hob zu sprechen an. In schnellem Tempo, um erst alles zu Ende zu bringen, bevor er was sagen kann. Ach Friedrich, wir kenn uns doch lange. Haben beide klein angefangn in dem Betrieb, als wir noch gar nicht für Export gearbeitet ham. Nun gehn unsre Pumpen bis nach Guinea, aber das wollte ich gar nicht sagen, ich dachte nur so, dass ich auch weit rumgekomm bin in der Welt, fast auf som großen Schiff wie dein Eisbrecher. Na ja, bis

Murmansk war ich mal, und ich verdiene ja gut … Sie redete und redete und schleppte sich langsam über die Reisen, den Wohlstand, die Wohnung, die gesellschaftliche Verantwortung bis an die Stelle: … also ein Kind müsste ich haben, und ich hab gedacht, du siehst das ein und machst das, ganz ohne Verpflichtungen, das geb ich dir schriftlich!

Friedrich Vogel war gerührt, aber doch mehr wie vom Donner. Und obwohl er Frau Schmalfuß auch nach diesem Antrag seine Achtung nicht versagte, im Gegenteil, er fand ihn moralisch, auch schmeichelten ihm die Gründe, weshalb ihre Wahl auf ihn gefallen war, so konnte er sich doch nicht verhehlen: er fühlte sich etwas überfordert. Dieser Fall hier war zu einmalig, er fand keine Beispiele, wo Ähnliches geschehen war und auf die er sich hätte stützen können. Er vermisste einfach die Tradition. Er trank keinen Wodka mehr an diesem Abend, stellte bald das Fernsehgerät ein und sah mit Frau Schmalfuß einen Film über Pinguine. Weißt du, sagte er, als er die Arbeitskollegin aus der Wohnung begleitete, weißt du, ich muss mir alles gründlich überlegen. Vielleicht geht es so, wie du meinst, aber vielleicht auch anders. Gib mir 'ne Woche Bedenkzeit. Nächsten Mittwoch sag ich Bescheid.

Tage vergingen. Frau Schmalfuß las in Taschenbüchern über die schmerzarme Geburt nach und sah dem Mittwoch mit Spannung entgegen. Vogels freundliche, verständnisvolle Worte hatten sie fröhlich gemacht und ließen sie an die Ausführbarkeit ihres Planes glauben. Aber am Mittwoch sah sie Vogel nicht, am Donnerstag auch nicht, am Freitag ging sie in die Kernmacherei. Den Friedrich fand sie nicht, der stand auf dem Schrottplatz, der ging über den Gleiskörper, lud Stahlbarren aus, der saß in der Betriebszeitungs-Redaktion. Sie suchte ihn an den folgenden Tagen, benutzte das Werktelefon, wartete im Meisterbüro, spähte auf verschiedenen Sitzungen. Der Vogel war ausgeflogen. Sie konnte sich denken, was das heißen sollte. Trotzdem wunderte sie sich, dass er ihr die abschlägige Antwort am Mittwoch nicht sagte. Sie hörte in der Kantine Gerede, Friedrich Vogel lege nach Feierabend Spannteppich bei Elvira. Elvira arbeitete in der Dreherei. Ja, sie war immer lustig. Frau Schmalfuß ging verwundert nach Hause, trat vor die Couch und blickte lange auf den Eisbrecher hin. Das Bild fortzuwerfen konnte sie sich jedoch nicht entschließen, zu selten hatte sie ein persönliches Geschenk entgegengenommen.

Alle wollen ein Beispiel, sagte Frau Schmalfuß sich, aber keiner will es geben. Und: Das war doch ein Fehler, dem Friedrich Vogel ehrlich entgegenzutreten, sie hätte sich besser dem Schlehen-Wodka und nicht der Vernunft anvertraut. Sie kompensierte Traurigkeit durch gewissenhafte Arbeit und Überstunden und hatte in dem Vierteljahr eine so geringe Stromrechnung, dass der Kassierer den Zähler überprüfen ließ. Dann setzte der Sommer ein. Die Hitze sprang sie im Werk, auf den Verkehrsmitteln, aus den Häusern scharf an, und sie konnte mehrmals am Tag kalt duschen, ohne das Gefühl loszuwerden, sie ginge in Pelzwerk einher.

Eines Sonntags, die Fenster waren geöffnet, es herrschten 35 Grad, da lag Frau Schmalfuß auf der Couch unter dem Eisbrecher-Bild. Vor dem Haus arbeitete ein Rasensprenger und sollte die frisch gepflanzten Büsche dem Vertrocknen entreißen. Er schleuderte den Strahl in die Luft, die Tropfen zerplatzten und prasselten, der Wasserwerfer drehte sich, quietschte und schmiss wieder die unzähligen Tropfen empor. Frau Schmalfuß sah im Halbschlaf die Pappelallee, sprang auf, schloss schnell das Fenster und lief aus dem Haus. Sie nahm die U-Bahn, um in die Stadt zu gelangen, saß da im Café, wieder fallendes Wasser, nun einen Springbrunnen, im Ohr, eilte zum Tierpark, hörte die Pfauen dort schrein, die warn wie verrückt. Sie hätte sich beinahe mit einem Kinderwagen von der Terrasse entfernt. Das Baby hatte sie angelacht, ihr die Fäustchen entgegengehalten und die Zehen gezeigt, zehn rosa Erbsen.

Am Montag entschuldigte sie sich fernmündlich im Werk und suchte einen Arzt auf.

Das war ein Frauenarzt. Ein alter Professor, der Zuversicht auf die Konsultanten übertrug und besessen war, viel Kindervolk auf die Welt loszulassen. Sie glaubte, wenn sie nach einer gründlichen Untersuchung erfahren haben würde, dass alles in Ordnung und sie gut in der Lage sei, ein Kind auszutragen und zu gebären, das Problem bald gelöst sei. Dann wären ja gut und gerne 85 % aller Voraussetzungen, zu einem Kind zu kommen, erfüllt, das Übergewicht der einen Waagschale müsste zwangsläufig die andere mit den wenigen 15 % zu ihren Gunsten hochschnellen lassen, und das mit solcher Wucht (Frau Schmalfuß sah förmlich die Schalen hüpfen, die leichtere sich überschlagen), dass die 15 % aus ihrem Behältnis rausspringen und in die angefülltere Schale geschleudert würden.

Im Wartezimmer sah sie die hübschen Frauen mit den geblähten Kleidern. Ach, mir wird schlecht!, sagte eine, das fehlt mir noch!, eine andre. Sie kam in das Sprechzimmer, barfuß, die Unterwäsche nach der Vorschrift in der Kabine reduziert, und sagte beim Händedruck: Guten Tag, ich möchte ein Kind. Der alte Herr freute sich, sah sie an und dachte sich eine Antwort. Er führte sie zu dem Sessel, in dem man auf dem Rücken sitzt, und untersuchte sie gewissenhaft.

Dem steht nichts im Wege, sagte er, bemerkte die Topografie ihrer vier Schönheiten. Sie sah sich also im Besitz der 85 %, im gleichen Augenblick die restlichen 15 entschwinden, war wohl doch einem Traumbild aufgesessen und fragte nun den Arzt nach Forschungsergebnissen bei künstlicher Befruchtung. Es gäbe gesicherte Erfahrungen, ja, ja, es ist möglich, jaja!, sagte der Alte und schüttelte den Kopf. Junge Frau (er nahm ihre Hand), wir können darüber noch sprechen.

Sie ging, als sie die Umkleidekabine verließ, nicht wieder ins Sprechzimmer des Arztes, sondern unter den Bäumen nach Hause. Alte Platanen, die im Winter so gestutzt worden waren, dass nur die Stämme blieben, nun unerhört ausschlugen, etwas später als gewöhnlich, aber mit noch größeren Blättern. Die Rinde hatten sie teilweise abgeworfen, die Stämme sahen aus wie Landkarten um Flussmündungen.

Und was wäre mit der Vererbung? Wie sollte man wissen, was man sich da einhandelte? Wo blieb der Spaß, die wilde Umarmung? Wieder fehlten die Beispiele. Na ja, Maria. Sie las das Lukas-Evangelium in ihrer Wohnung, fand alles sehr umständlich, beschloss, die Vererbung nun weit hinter den Einfluss der Umwelt zu setzen und ein Kind zu adoptieren.

Auch dabei war der Aufwand kein geringer. Sie stellte einen Antrag, ließ die Wohnung besichtigen, besorgte sich einen Gesundheitspass von einer Ärztin, der Betrieb schrieb

Zeugnisse aus, und sie wartete den Sommer über voll Hoffnung auf den Bescheid.

Es gab aber viele Leute, die Kinder adoptieren wollten, und alle wünschten sich eines im zartesten Alter, so dass Schwierigkeiten und Wartezeiten aufkamen, Frau Schmalfuß noch keine winzigen Hemdchen, Jüpchen und Hütchen anschaffen konnte, da weder die Größe noch das Geschlecht des Kindes bekannt waren.

Schließlich, als sie schon ein dreijähriges Kind bekommen wollte, bereit war, auf die ersten Schritte, die unbeholfene Anrede durch das Kind zu verzichten, das Kerlchen nicht zahn- und hilflos zu haben, da geschah im Herbst das Wunder, da klingelte die Fürsorgerin an der Tür. Es wäre nun ein Junge gefunden, zwei Monate, ein hübsches Kind mit schwarzen Haaren und großen Nasenlöchern, sagte die Frau. Sie sind ein Engel!, rief Frau Schmalfuß und wollte gleich los.

So schnell hat man das Kind nicht, auch wenn man weiß, dass es ganz sicher kommt. Es dauert neun Monate oder sieben oder noch drei wie bei Frau Schmalfuß. Zweimal in der Woche ging sie zu einem Kursus für werdende Mütter und erlernte die Säuglingspflege. Um keine Lektion zu versäumen, sah sie sich gezwungen, dem Ansinnen des Hauptbuchhalters auf Hilfe nach Feierabend bei der Endabrechnung nicht stattzugeben. So war sie bedrückt, wenn sie die Temperatur des Wassers prüfte und große Plastik-Puppen badete, wenn sie die vielen kleinen Mahlzeiten bereiten lernte oder Wadenwickel bei erhöhter Temperatur anzulegen. An den arbeitsfreien Sonnabenden fuhr sie in verschiedene Stadtbezirke, um alle die Dinge zu kaufen, die das Kind am Anfang seines Lebens

notwendig haben würde, vornehmlich einen Importkinder-
wagen, eine hellblaue Badewanne aus Kunststoff, Wäsche
und Klappern. Einmal im Monat durfte sie das Kind, das sie
haben sollte (ein Jahr Probe, dann die endgültige Adoption)
im staatlichen Säuglingsheim besuchen. Es wurde in einen
Wagen gelegt, und Frau Schmalfuß konnte es im Park unter
Buchen spazieren fahren. Erst waren die Blätter grün, dann
färbten sie sich, schließlich waren nur ein paar übrig geblieben und sahen wie Leder aus.

Das waren jetzt die Stunden, in denen sie sich glücklich
fühlte. Anders im Betrieb. Da hatte ihr guter Ruf gelitten. Es
hing nicht mit der Tatsache zusammen, dass eine Kollegin sie
beim Einkauf des Kinderwagens beobachtet hatte – schließlich wusste die Leitung von der beabsichtigten Adoption und
war gehalten, sie gutzuheißen –, die Mitarbeiter konnten Frau
Schmalfuß nicht mehr uneingeschränkt Lob und Beifall zol-
len. Sie ging fast pünktlich nach Hause, sprang bei termin-
gebundenen Arbeiten weniger oft mit Überstunden ein, und
ihre Rechenschaftsberichte waren knapper als früher. Der
Abteilungsleiter, die Gewerkschaftsvertrauensleute nahmen
davon Abstand, sie um Rat und Hilfe zu bitten, und das alles, bevor sie das Kind überhaupt in ihrer Wohnung hatte. Sie
selbst litt unter diesem Zustand, die Warterei auf das Kind
kam hinzu – sie wurde nervös und brauste leicht auf. Hatte sie
sich morgens keine Zeit zum Essen genommen, stürzte sie in
die Kantine, kaufte Fischbrötchen und aß sie eilig. Sie benahm
sich wie eine schwangere Frau und gab zu Bemerkungen Anlass. So geht das nicht weiter, sagte sich Frau Schmalfuß eines
Tages. Der Lehrgang für Säuglingspflege war beendet, alle

Vorbereitungen abgeschlossen. Jetzt galt es, wieder am Leben der Kollegen teilzuhaben, mehr noch, dasselbe zu bereichern. Sie beschloss, eine Kulturfahrt vorzubereiten, und studierte zu diesem Zweck herausgegebene Broschüren und Kataloge.

Alle Achtung, sagten ihre Kollegen und Mitarbeiter während der Busfahrt, in der Autobahn-Raststätte, beim Anblick des Blauen Wunders, des Kronentores, in der Galerie: alle Achtung, sie hat sich wieder in der Hand. Sie gingen durch verschiedene Abteilungen der Gemäldesammlung. Frau Schmalfuß freute sich über gigantische Stillleben (glänzende Trauben, platzende Kürbisse, seitlich ein Vogelnest mit zwei Eiern darin, ein drittes jenseits des Nestes, zerbrochen, dottergelb der Dotter), beachtete die wechselnden Landschaften, die unermüdlichen Bäume, bald düster, bald freundlich, die verschiedenen Himmel darüber. Sie nahm alles fröhlich und unkonzentriert auf, verweilte bei keinem der Bilder. Das waren Stationen auf dem Weg zum Ziel; sie sah Schönes, um das Sehr-Schöne aushalten zu können. Die Nackte, die den Schwan küsst – Frau Schmalfuß ging schneller, um kein Unbehagen zu spüren. Ein neuer Raum tat sich auf. Sie fühlte ihr Herz sich bewegen, sah das Bild an der Stirnwand und ging zur Seite. Sie ließ ihren Kollegen den Vortritt, hörte die Erklärung des Führers nicht an, verlängerte die Vorfreude. Als sie allein in dem Raum war, suchte sie sich den besten Standpunkt und sah zu der Frau auf. Der Mantel von noch schönerem Blau als in ihrem Kalender. Die andere Frau, der alte Papst sanken in den Wolken da ein. Die Madonna war leichter, man sah jeden Zeh, obwohl sie das Kind trug. Sie sah freundlich aus, nicht so heilig, fast eine Kollegin, die Frau mit dem Kind. Ihr Mann war nicht auf dem Bild, spielte keine Rolle. Frau Schmalfuß erinnerte sich, in der Schrift gelesen zu haben, dass es erst eines Winkes von oben bedurfte, bis Josef Maria mit dem Kind heiratete. Heute wär sie allein geblieben, dachte Frau Schmalfuß, da spürte sie nur noch ihre Hände, als wär alles Blut da hineingelangt, sie fühlte das Kind, sonst nichts. Die Haut war warm, ein bisschen feucht nach dem Baden, roch wohl nach Seife. Das Baby musste angezogen werden, vorher, auf dem Weg zum Wickeltisch, einen Blick in den Spiegel. Im Vorbeigehen. Aus den Augenwinkeln. Sie drückte das Kind an sich, sah es und sich selber im Glas, bekam einen Schreck über die eigene Schönheit.

Die Identifikation war so kurz, dass sie bei Frau Schmalfuß keine Verwunderung, nur Fröhlichkeit auslöste. Sie folgte ihren Kollegen, erwarb einen Bildband über die Galerie und war auf dem Weg zum Italienischen Dörfchen. Die Springbrunnen hielten Winterruhe. Die Straßenbeleuchtung schaltete sich ein in langer Bewegung, da fiel der erste Schnee. Der Himmel war weiß, die Flocken erschienen gegen ihn grau und schwarz. Wir brauchen einen Schlitten, dachte Frau Schmalfuß.

Mitte Dezember, dem ersten war der zweite und dritte Schnee gefolgt, durfte Frau Schmalfuß in Hinblick auf Weihnachten, Personalmangel im Säuglingsheim und ihre eigene Hartnäckigkeit das Kind entgegennehmen, obwohl die Formalitäten nicht restlos erledigt waren. Am Abend saß sie in der Küche und trank statt eines Bieres, wie es vor Tagen noch ihre Gewohnheit war, zwei Tassen Milch. Einen Tag lang war alles geschehen, was die Leiterin des Lehrgangs für Säuglingspflege einem fünf Monate alten Kinde als nützlich und notwendig erachtet hatte, und einiges mehr. Sie fragte sich, ob sie ihr ein Geschenk bringen würden wie anderen Wöchnerinnen und wer käme. Sie hatte unbezahlten Urlaub genommen und wusste nicht, dass die Kollegen die übliche Geldsammlung abgeschlossen, das Geschenk (den Schlafsack, das Kinderbesteck, die weichen Schuhe) schon beisammen hatten. Sie war müde und glücklich. Die flimmernden Bilder aus dem Gerät erreichten sie kaum: Eine Frau bringt jeden Tag ihr Kind in die Krippe, zwei Jahre lang, jeden Tag zwei S-Bahn-Stationen auf der Hinfahrt, zwei S-Bahn-Stationen auf der Rückfahrt, vier Treppen, vier fremde Männer oder Frauen, die ihr helfen, den Wagen zu tragen. Manchmal reißen sich die Leute um den Wagen, mitunter muss die Frau warten, einmal denkt sie: Die von der Kultur sollten einen neuen Aberglauben einführen, *wer morgens einen Kinderwagen trägt, hat den Tag Glück.*

Das würde sie alles erfahren.

Charlotte Perkins Gilman
Die gelbe Tapete

Es kommt nur ganz selten vor, dass so gewöhnliche Leute wie John und ich ein altes Herrenhaus für den Sommer ergattern.

Es ist eine Villa im Kolonialstil, ein Ahnenstammsitz, ich würde es gar als Spukhaus bezeichnen und damit den Gipfel romantischer Glückseligkeit erreichen – aber das wäre vom Schicksal zu viel verlangt!

Trotzdem behaupte ich stolz, dass es etwas Merkwürdiges an sich hat.

Warum wäre sonst die Miete so günstig? Und warum wäre es sonst so lange leer gestanden?

John lacht mich natürlich aus, aber das ist in einer Ehe ja zu erwarten.

John ist ein äußerst praktisch denkender Mensch. Er hat kein Verständnis für den Glauben, verabscheut zutiefst jede Form von Aberglauben, und er spottet jedes Mal, wenn über Dinge gesprochen wird, die man nicht anfassen, sehen und in Zahlen niederschreiben kann.

John ist Arzt, und *vielleicht* – (das würde ich natürlich keiner Menschenseele erzählen, aber das hier ist totes Papier und verschafft mir große Erleichterung) – *vielleicht* ist das einer der Gründe, weshalb ich nicht schneller gesund werde.

Er glaubt mir nämlich nicht, dass ich krank bin! Was kann man da schon machen?

Wenn ein sehr angesehener Arzt, der noch dazu der eigene Mann ist, Freunden und Verwandten gegenüber versichert, dass man eigentlich nichts weiter hat als eine Phase nervöser Depression – eine leichte Neigung zur Hysterie –, was soll man tun?

Mein Bruder ist ebenfalls Arzt, auch ein sehr angesehener, und er sagt dasselbe.

Also habe ich Phosphate oder Phosphite – was immer das ist – und Stärkungsmittel verordnet bekommen, sowie Reisen, Luft und Bewegung, und es ist mir streng verboten zu »arbeiten«, bis ich wieder gesund bin.

Ich persönlich halte ihre Ansichten für falsch.

Ich persönlich glaube, dass mir eine angenehme Arbeit, die mir Spaß macht und Abwechslung bringt, helfen würde.

Aber was soll man tun?

Eine Zeit lang habe ich trotz ihres Verbots einfach geschrieben; allerdings strengt es mich *doch* ziemlich an – weil ich es so heimlich, still und leise tun muss, um nicht auf heftigen Widerspruch zu stoßen.

Manchmal stelle ich mir vor, dass mir in meiner Verfassung weniger Widerspruch und mehr Gesellschaft und Anregung … aber John sagt, das Allerschlimmste, was ich tun kann, ist, über meinen Gesundheitszustand nachzudenken, und ich muss zugeben, dass es mir dann wirklich immer schlecht geht.

Also lasse ich es bleiben und erzähle vom Haus.

Es ist wunderschön! Es liegt recht einsam, ein gutes Stück von der Straße entfernt und etwa drei Meilen vom Dorf. Es erinnert mich an die Häuser in England, die man aus Büchern kennt, denn es gibt Hecken und Mauern und Tore mit Schlössern daran und viele kleine Nebengebäude für die Gärtner und Angestellten.

Das Haus hat auch einen *entzückenden* Garten! So einen Garten habe ich noch nie gesehen – weitläufig und schattig, mit von Buchsbäumen gesäumten Wegen und umrandet von langen, weinbewachsenen Laubengängen mit Bänken darin.

Früher gab es auch Gewächshäuser, aber die sind mittlerweile alle verfallen.

Ich glaube, es gab da mal irgendeinen Rechtsstreit um das Haus, es ging wohl um die Erben und die Miterben; jedenfalls hat das Haus jahrelang leer gestanden.

Das verdirbt mir leider das Geisterhafte daran, aber das ist mir egal. Irgendetwas ist merkwürdig an dem Haus – das spüre ich.

An einem Mondscheinabend habe ich das sogar einmal zu John gesagt, aber er hat gemeint, das sei nur der Luftzug, und hat das Fenster geschlossen.

Manchmal ärgere ich mich ganz grundlos über John. Ich war früher bestimmt nicht so empfindlich. Ich glaube, es liegt an dieser Nervenschwäche.

Aber John meint, wenn ich in solch einen Zustand gerate, liegt das an mangelnder Selbstkontrolle. Deshalb gebe ich mir alle Mühe, mich zu beherrschen – zumindest vor ihm –, und das macht mich sehr müde.

Unser Zimmer gefällt mir überhaupt nicht. Ich hätte lieber eines im Erdgeschoss gehabt – es führt auf die Piazza, die Fenster sind mit Kletterrosen umwachsen, und es hat so hübsche altmodische Chintzvorhänge! Aber John wollte nichts davon wissen.

Er meinte, es habe nur ein Fenster und nicht genug Platz für zwei Betten und es sei auch kein zweites Zimmer daneben, falls er sich ein eigenes nehmen wollte.

Er ist sehr besorgt und liebevoll, und er lässt mich kaum etwas ohne genaue Anweisung machen.

Ich habe einen exakt festgelegten Plan für jede Stunde des Tages; er nimmt mir jede Sorge ab, und ich komme mir zutiefst undankbar vor, dass ich das nicht mehr zu schätzen weiß.

Er sagt, wir seien einzig und allein meinetwegen hierhergekommen, ich solle völlige Ruhe haben und so viel frische Luft wie möglich. »Wie viel du dich bewegst, hängt von deinem Kräftezustand ab, Liebes«, sagte er, »und wie viel du isst, von deinem Appetit, aber Luft kannst du die ganze Zeit über einatmen.« Also haben wir das Kinderzimmer ganz oben im Haus als unser Schlafzimmer genommen.

Der Raum ist groß und luftig, nimmt beinahe das ganze Stockwerk ein; die Fenster erlauben den Ausblick in alle Richtungen, und es gibt Luft und Sonnenlicht im Überfluss. Ursprünglich war es das Kinderzimmer, später dann wohl Spiel- und Turnzimmer, denn die Fenster sind offensichtlich wegen der kleinen Kinder vergittert, und an den Wänden sind Ringe und dergleichen angebracht worden.

Der Anstrich und die Tapete sehen aus, als wäre eine Knabenschule hier untergebracht gewesen. Um das Kopfende meines Bettes herum, etwa so weit ich reichen kann, und an einer Stelle ganz unten auf der anderen Seite des Zimmers sind große Flächen davon abgerissen – von der Tapete. In meinem ganzen Leben habe ich noch keine so schlimme Tapete gesehen.

Sie hat ein wild wucherndes, üppiges Muster, das allen Regeln der Kunst zuwiderläuft.

Es ist so wirr, dass einem die Augen flimmern, wenn man dem Muster nachspürt, so ausgeprägt, dass es ständig irritiert und näheres Hinsehen verlangt; und wenn man den schwachen, unsicheren Kurven eine kurze Strecke folgt, dann begehen sie plötzlich Selbstmord – tauchen in haarsträubenden Winkeln ab, zerstören sich in unerhörten Widersprüchen.

Die Farbe ist abstoßend, geradezu ekelhaft, ein waberndes, unreines Gelb, vom langsam wandernden Sonnenlicht merkwürdig ausgeblichen.

An manchen Stellen ist es ein mattes und doch schreiendes Orange, an anderen ein kränklicher Schwefelton.

Kein Wunder, dass die Kinder es gehasst haben! Ich würde es selbst hassen, wenn ich lange in diesem Zimmer wohnen müsste.

Da kommt John, und ich muss das hier jetzt wegstecken – er mag es nicht, wenn ich auch nur ein Wort schreibe.

Wir sind jetzt zwei Wochen hier, und seit jenem ersten Tag hatte ich keinen Drang mehr zum Schreiben.

Ich sitze jetzt am Fenster, oben in diesem schrecklichen Kinderzimmer, und nichts, abgesehen davon, dass ich mich irgendwie schwach fühle, hindert mich daran zu schreiben, so viel ich will.

John ist den ganzen Tag unterwegs, und wenn es sich um einen ernsten Fall handelt, manchmal auch nachts.

Ich bin froh, dass mein Fall nicht ernst ist!

Aber diese nervösen Beschwerden machen schrecklich depressiv.

John weiß gar nicht, wie sehr ich wirklich leide. Er weiß, es gibt keinen *Grund* für mich zu leiden, und damit ist er zufrieden.

Natürlich sind das nur die Nerven. Es bedrückt mich sehr, dass ich nicht in der Lage bin, meine Pflichten zu erfüllen!

Ich wollte John eine so große Hilfe sein, wollte ihm wirklich Ruhe und Trost spenden, und schon jetzt bin ich vergleichsweise eine Last für ihn!

Kein Mensch würde glauben, wie mich das Wenige, wozu ich noch fähig bin, anstrengt – mich anziehen, Gäste unterhalten, Anweisungen geben.

Glücklicherweise ist Mary so gut zu dem Baby. Was für ein liebes Baby!

Und doch *kann* ich einfach nicht bei ihm sein, es macht mich zu nervös.

John war wahrscheinlich in seinem ganzen Leben noch nie nervös. Er lacht mich so aus wegen dieser Tapete!

Zuerst wollte er das Zimmer neu tapezieren, aber dann hat er gesagt, ich würde mich davon unterkriegen lassen, und für eine nervöse Patientin sei nichts schlimmer, als solchen Fantasien nachzugeben.

Er meinte, wenn neu tapeziert wäre, dann käme als nächstes das schwere Bettgestell an die Reihe, dann die vergitterten Fenster und dann das Gitter oben an der Treppe und so weiter.

»Du weißt doch genau, das Haus tut dir gut«, sagte er, »und überhaupt, mein Liebes, wegen gerade mal drei Monaten möchte ich das Haus eigentlich nicht renovieren lassen.«

»Dann lass uns doch nach unten ziehen«, bat ich, »dort gibt es so hübsche Zimmer.«

Da nahm er mich in die Arme, nannte mich sein kleines Gänschen und sagte, er würde mit mir sogar in den Keller ziehen, wenn ich es wünschte, und ihn dafür eigens neu streichen lassen.

Aber er hat schon recht mit den Betten und den Fenstern und alledem.

Das Zimmer ist so luftig und gemütlich, wie man es sich nur wünschen kann, und ich will natürlich nicht albern sein und ihm nur aus einer Laune heraus Umstände bereiten.

Der große Raum gefällt mir langsam ganz gut – bis auf diese schreckliche Tapete.

Aus einem der Fenster kann ich den Garten sehen, diese geheimnisvollen, in tiefem Schatten liegenden Laubengänge, die wilden, altmodischen Blumen und die Büsche und knorrigen Bäume.

Aus einem anderen habe ich einen hübschen Blick auf die Bucht und einen kleinen Privatsteg, der zum Anwesen gehört. Ein schöner, schattiger Weg führt von dort bis zum Haus. Ich stelle mir immer vor, ich sehe Leute auf all den Wegen und in den Laubengängen spazieren, aber John hat mich davor gewarnt, meiner Fantasie auch nur das kleinste bisschen nachzugeben. Er meint, dass eine Nervenschwäche, wie ich sie habe, bei meiner Vorstellungskraft und meiner Angewohnheit, mir Geschichten auszudenken, mit Sicherheit zu allen möglichen wilden Fantasien führt und dass ich meinen Willen und meinen Verstand gebrauchen sollte, um diese Neigung zu unterdrücken. Also versuche ich es.

Manchmal glaube ich, wenn es mir nur so gut ginge, dass ich ein bisschen schreiben könnte, dann würde das den Druck der Gedanken von mir nehmen und mich ruhiger machen.

Aber wenn ich es versuche, werde ich doch ziemlich müde.

Es ist so deprimierend, niemanden hier zu haben, der einem mit Rat und Tat zur Seite steht und der einem Gesellschaft leistet. Wenn ich wieder ganz gesund bin, sagt John, dann laden wir Vetter Henry und Julia zu einem langen Besuch zu uns ein; aber er sagt, er könnte mir genauso gut Feuerwerkskörper unters Kopfkissen stecken wie jetzt diese anregenden Leute in meine Nähe lassen.

Könnte ich nur schneller gesund werden!

Aber ich darf nicht darüber nachdenken. Diese Tapete scheint mir zu *wissen*, was für einen bösen Einfluss sie auf mich hat!

Es gibt eine sich wiederholende Stelle, wo sich das Muster wie ein gebrochenes Genick krümmt und wo mich zwei herausquellende Glupschaugen verkehrt herum anstarren.

Ihr unverfrorenes und unverwandtes Glotzen macht mich richtig wütend. Rauf und runter und seitwärts kriechen sie, und diese absurden, starren Augen sind überall. An einer Stelle passen zwei Bahnen nicht zusammen, und längs der Schnittstelle sind von oben bis unten Augen, auf einer Seite ein bisschen höher als auf der anderen.

Noch nie habe ich in etwas Leblosem so viel Ausdruck gesehen, und dabei weiß doch jeder, wie ausdrucksvoll leblose

Dinge sind! Als Kind lag ich nachts oft wach und entdeckte mehr Unterhaltsames und mehr zum Fürchten in nackten Wänden und einfachen Möbeln als die meisten Kinder in einem Spielwarenladen.

Ich erinnere mich noch, wie freundlich mir die Knöpfe unseres großen alten Sekretärs immer zugezwinkert haben, und es gab einen Sessel, der wie ein starker Freund für mich war.

Ich hatte immer das Gefühl, wenn mich eines der anderen Dinge zu grimmig anblickte, dann könnte ich mich einfach in den Sessel retten.

Die Möbel in diesem Zimmer passen kein bisschen zusammen, denn wir mussten alles von unten herauftragen. Ich glaube, als der Raum als Spielzimmer genutzt wurde, mussten sie die ganzen Kinderzimmermöbel hinausschaffen, und das wundert mich nicht! Ich habe noch nie solche Verwüstungen gesehen, wie sie die Kinder hier angerichtet haben.

Die Tapete ist, wie ich schon gesagt habe, an manchen Stellen in Fetzen heruntergerissen, obwohl sie unheimlich fest angeklebt ist – sie müssen ebenso viel Zerstörungswut wie Ausdauer in sich gehabt haben.

Außerdem ist der Boden zerkratzt, zersplittert und von Rillen durchzogen, sogar der Putz hat an manchen Stellen Löcher; und dieses große, schwere Bett, der einzige Einrichtungsgegenstand, den wir bei unserer Ankunft vorfanden, sieht aus, als hätte es schon ganze Kriege überstanden.

Aber das stört mich nicht im Geringsten – nur die Tapete.

Da kommt Johns Schwester. Sie ist so ein liebes Mädchen, und sie kümmert sich sehr um mich! Sie darf mich nicht beim Schreiben erwischen.

Sie ist eine perfekte und begeisterte Haushälterin, und sie möchte gar keinen besseren Beruf haben. Ich glaube wahrhaftig, sie denkt, dass es das Schreiben ist, was mich krank macht!

Aber ich kann schreiben, wenn sie draußen ist, und von diesen Fenstern aus sehe ich sie schon von Weitem.

Von einem blickt man auf den Weg, einen hübschen, schattigen Weg mit vielen Windungen, und von einem anderen sieht man auf das Land hinaus. Es ist eine hübsche Gegend, mit vielen großen Ulmen und samtig grünen Wiesen.

Die Tapete hat eine Art Untergrundmuster in einem anderen Ton. Dieses Muster ist besonders lästig, denn man kann es nur bei bestimmter Beleuchtung erkennen und auch dann nicht deutlich.

Aber an den Stellen, wo die Tapete nicht ausgeblichen ist, kann ich, wenn die Sonne nur ein bisschen scheint, eine merkwürdige, provozierende, formlose Gestalt sehen, die sich hinter dem dummen und auffälligen Vordergrundmuster herumzudrücken scheint.

Da ist die Schwester auf der Treppe!

So, jetzt ist der Vierte Juli vorüber! Die Leute sind alle weg, und ich bin todmüde. John meinte, ein bisschen Gesellschaft würde mir guttun, also haben wir einfach Mutter, Nellie und die Kinder für eine Woche eingeladen.

Ich habe natürlich keinen Finger gerührt. Jennie kümmert sich jetzt um alles.

Aber trotzdem hat es mich angestrengt.

John meint, wenn es mir nicht bald besser geht, will er mich im Herbst zu Weir Mitchell schicken.

Aber zu ihm will ich auf keinen Fall. Ich hatte einmal eine Freundin, die bei ihm in Behandlung war, und sie sagt, er sei genauso wie John und mein Bruder, nur noch schlimmer!

Außerdem bedeutet es so viel Aufwand, so weit zu fahren.

Ich habe das Gefühl, nichts ist es wert, auch nur die Hand danach auszustrecken, und ich werde scheußlich unruhig und nörglerisch.

Ich weine bei der geringsten Kleinigkeit, und ich weine fast die ganze Zeit.

Natürlich nicht, wenn John da ist oder sonst jemand, nur wenn ich allein bin.

Und im Moment bin ich viel allein. John muss wegen ernster Fälle häufig in der Stadt bleiben, und Jennie ist brav und lässt mich allein, wenn ich allein sein will.

Also gehe ich ein bisschen im Garten spazieren oder schlendere den hübschen Weg entlang oder sitze unter den Rosensträuchern auf der Veranda, und oft lege ich mich hier oben hin.

Das Zimmer gefällt mir langsam richtig gut, abgesehen von der Tapete. Vielleicht aber auch *wegen* der Tapete.

Sie geht mir gar nicht mehr aus dem Kopf!

Ich liege hier auf diesem großen, unverrückbaren Bett – ich glaube, es ist festgenagelt – und folge unablässig dem Muster. Das ist wirklich so gut wie Gymnastik. Ich fange zum Beispiel unten an, dort drüben in der Ecke, wo sie noch ganz ist, und beschließe zum tausendsten Mal, diesem sinnlosen Muster *auf jeden Fall* bis zu irgendeinem Abschluss zu folgen.

Mit den Gestaltungsgrundlagen der Ornamentik kenne ich mich ein bisschen aus, und ich weiß, dass dieses Muster sämtliche Regeln ignoriert, sei es, was Strahlen, Abwechslung, Wiederholung, Symmetrie oder sonst irgendetwas angeht, von dem ich je gehört hätte.

Es wiederholt sich natürlich, aber nur in den Bahnen, weiter nicht.

Auf eine bestimmte Weise betrachtet, steht jede Bahn für sich; die aufgedunsenen Rundungen und Schnörkel – in einer Art »vulgärromanischem Stil« mit Delirium tremens – wabern in albernen, voneinander getrennten Säulen auf und ab.

Andererseits wieder verbinden sie sich diagonal, und die wild wuchernden Umrisslinien verlaufen in großen schrägen Wellen von grausiger optischer Wirkung, wie eine Masse wüst heranwogender Meeresalgen.

Auch horizontal gibt es Verbindungen, zumindest scheint es so, und ich mühe mich bis zur Erschöpfung ab, das System zu ergründen, das hinter der Bewegung in diese Richtung steckt.

Als Zierstreifen dient eine horizontal geklebte Bahn, und das vergrößert die Verwirrung aufs Wunderbarste.

An einem Ende des Zimmers ist die Tapete fast noch heil; und dort kann ich mir, wenn die quer einfallenden Lichtstrahlen schwächer werden und die niedrig stehende Sonne direkt daraufscheint, beinahe trotzdem eine strahlenförmige Anordnung vorstellen – die nicht enden wollenden Grotesken scheinen sich um ein gemeinsames Zentrum herum zu formieren und schießen dann jeweils im gleichen Winkel in die verschiedenen Richtungen.

Es ermüdet mich, dem Muster zu folgen. Ich mache wohl besser ein kleines Schläfchen.

Ich weiß nicht, warum ich das schreibe.

Ich will es nicht.

Ich fühle mich nicht fähig dazu.

Und ich weiß, John würde es für absurd halten. Aber ich *muss* doch irgendwie sagen, was ich fühle und denke – das ist eine solche Erleichterung!

Aber langsam wird die Anstrengung größer als die Erleichterung.

Die Hälfte der Zeit bin ich jetzt fürchterlich faul, und ich lege mich sehr oft hin. John sagt, ich müsse bei Kräften bleiben, und er lässt mich Lebertran und alle möglichen Stärkungsmittel einnehmen, von Bier, Wein und blutigem Fleisch ganz zu schweigen.

Der liebe John! Er liebt mich so sehr, und er kann es nicht ertragen, wenn ich krank bin. Neulich habe ich versucht, ein wirklich ernsthaftes, vernünftiges Gespräch mit ihm zu führen; ich habe ihm erzählt, wie sehr ich mir wünschte, er würde mir erlauben, Vetter Henry und Julia zu besuchen.

Aber er meinte, ich sei weder reisefähig, noch würde ich es dort aushalten. Ich habe meinen Standpunkt nicht besonders gut vertreten, denn ich musste weinen, noch bevor ich zu Ende gesprochen hatte.

Es wird langsam immer anstrengender für mich, geradlinig zu denken. Das liegt bestimmt nur an dieser Nervenschwäche.

Und der liebe John nahm mich in die Arme, trug mich einfach nach oben und legte mich aufs Bett. Dann setzte er sich zu mir und las mir vor, bis mein Kopf davon müde wurde.

Er sagte, ich sei sein Liebling und sein Trost und sein Ein

und Alles, und dass ich um seinetwillen auf mich aufpassen und auf meine Gesundheit achten müsse.

Er sagt, dass mir niemand außer mir selbst da heraushelfen kann, dass ich meinen Willen und meine Selbstkontrolle einsetzen muss und mich nicht von dummen Fantasien mitreißen lassen darf.

Einen Trost habe ich: Das Baby ist gesund und munter, und es muss nicht in diesem Kinderzimmer mit der schrecklichen Tapete sein.

Wenn wir es nicht als Schlafzimmer genommen hätten, wäre das liebe Kind jetzt darin untergebracht! Zum Glück ist dem Kleinen das erspart geblieben! Um nichts in der Welt würde ich wollen, dass mein Kind, so ein für Eindrücke besonders empfängliches kleines Ding, in einem Zimmer wie diesem wohnt.

Ich habe noch nie darüber nachgedacht, aber es ist doch ein Glück, dass John mir dieses Zimmer zugeteilt hat. Ich kann es doch viel leichter ertragen als ein Baby.

Natürlich erwähne ich es ihnen gegenüber nicht mehr – dazu bin ich zu klug –, aber trotzdem beobachte ich es immer noch genauso.

Es gibt Dinge in dieser Tapete, die niemand außer mir kennt oder je kennen wird.

Mit jedem Tag werden die schwachen Formen hinter dem Vordergrundmuster deutlicher.

Es ist immer die gleiche Form, aber sie wiederholt sich sehr oft.

Und sie ist wie eine Frau, die sich bückt und hinter diesem Muster herumkriecht. Ich mag das überhaupt nicht. Ich frage mich … ich fange an zu überlegen … ach, wenn mich John doch nur von hier wegbrächte!

Es ist wirklich schwierig, mit John über meinen Fall zu sprechen, weil er so klug ist und weil er mich so liebt.

Aber gestern Nacht habe ich es versucht.

Der Mond schien. Der Mond scheint von allen Seiten herein, genau wie die Sonne.

Manchmal hasse ich es, dem Licht zuzusehen, es kriecht so langsam, und durch irgendein Fenster kommt es immer herein.

John hat schon geschlafen, und ich wollte ihn nur ungern wecken, also bin ich still liegen geblieben und habe dem Mondlicht auf dieser wogenden Tapete zugesehen, bis mir unheimlich wurde.

Die blasse Gestalt dahinter schien an dem Muster zu rütteln, als wollte sie heraus.

Ich stand leise auf und ging zur Wand, um zu fühlen, ob sich die Tapete *wirklich* bewegte, und als ich zurückkam, war John wach.

»Was ist los, Kleines?«, fragte er. »Lauf nicht so herum – dir wird kalt.«

Ich hielt es für eine günstige Gelegenheit, und deshalb sagte ich ihm, der Aufenthalt hier würde mir nicht helfen und mir wäre es lieber, er würde mich wegbringen.

»Aber Liebling!«, sagte er. »Unser Mietvertrag läuft in drei Wochen aus, und ich sehe keine Möglichkeit, früher abzureisen. Die Reparaturarbeiten zu Hause sind noch nicht abgeschlossen, und ich kann die Stadt im Moment unmöglich verlassen. Natürlich könnte und würde ich das, wenn du in Gefahr wärst, aber dein Zustand hat sich wirklich gebessert, Liebes, ob du es nun glaubst oder nicht. Ich bin schließlich Arzt, Liebes, und ich muss es wissen. Du bist kräftiger geworden, hast mehr Farbe und mehr Appetit.«

»Ich habe kein bisschen zugenommen«, sagte ich, »ich wiege nicht einmal mehr so viel wie vorher; und mein Appetit ist vielleicht abends besser, wenn du da bist, aber morgens, wenn du weg bist, habe ich viel weniger Appetit.«

»Mein kleines Herzchen!«, sagte er und umarmte mich fest dabei. »Natürlich kannst du so krank sein, wie es dir gefällt! Aber jetzt lass uns diese schöne Zeit dadurch vergolden, dass wir schlafen. Wir wollen morgen früh darüber reden.«

»Und du willst wirklich nicht weg?«, fragte ich niedergeschlagen.

»Aber warum denn, Liebes? Es sind doch nur noch drei Wochen, und dann fahren wir ein paar Tage irgendwohin, während Jennie das Haus schon mal in Ordnung bringt. Wirklich, Liebes, es geht dir schon besser!«

»Körperlich besser vielleicht …«, fing ich an und unterbrach mich sogleich, denn er setzte sich auf und sah mich mit einem so strengen, vorwurfsvollen Blick an, dass ich kein Wort mehr herausbrachte.

»Mein Liebling«, sagte er, »ich bitte dich, um meinetwillen und um unseres Kindes willen genauso wie um deinetwillen, dass du nie wieder auch nur einen Moment diesen Gedanken zulässt! Bei einer Veranlagung wie der deinen gibt es nichts sonst, was so gefährlich und verlockend wäre. Es ist eine trügerische und dumme Einbildung. Kannst du mir als Arzt nicht vertrauen, wenn ich dir das sage?«

Also sagte ich natürlich nichts mehr zu diesem Thema, und wir schliefen bald ein. Oder besser, er dachte, ich wäre zuerst eingeschlafen, aber dem war nicht so. Ich lag noch stundenlang wach und versuchte dahinterzukommen, ob sich das Muster im Vordergrund und das Muster im Hintergrund zusammen oder einzeln bewegen.

Ein Muster wie dieses hat bei Tageslicht einen Mangel an Folgerichtigkeit, es verstößt ständig gegen die Gesetzmäßigkeit, und beides wirkt auf einen normal denkenden Menschen als unablässige Reizung.

Schon die Farbe ist grauenhaft, unbeständig und äußerst ärgerlich, aber das Muster ist eine Tortur.

Man meint zu begreifen, wie es geht; aber immer wenn man ihm eine Weile gefolgt ist, schlägt es einen Purzelbaum rückwärts, und dann steht man da. Es schlägt einem ins Gesicht, haut einen um und trampelt auf einem herum. Es ist wie in einem schlechten Traum.

Das äußere Muster ist eine reich verzierte Arabeske, die an einen Pilz erinnert. Man stelle sich einen zerstückelten Giftpilz vor, eine unendliche Reihe von Giftpilzen, die in endlosen Windungen wachsen und austreiben – ja, das kommt ungefähr hin.

Aber nur manchmal!

Es gibt bei dieser Tapete eine spezielle Besonderheit, etwas, das außer mir niemand wahrzunehmen scheint, und zwar verändert sie sich mit wechselndem Licht.

Wenn die Sonne durch das Ostfenster scheint – ich warte immer auf diesen ersten, langen, geraden Strahl –, dann ändert sich das Muster so schnell, dass ich es kaum fassen kann.

Deshalb sehe ich immer zu.

Im Mondlicht – wenn der Mond scheint, dann dringt sein Licht die ganze Nacht herein – würde ich es gar nicht für dieselbe Tapete halten.

Nachts, und zwar in jedem Licht, im Zwielicht, im Kerzenlicht, im Licht der Lampe und am allerschlimmsten im Mondlicht, wird ein Gitter daraus! Aus dem äußeren Muster meine ich, und die Frau dahinter ist ganz deutlich sichtbar.

Ich habe lange nicht begriffen, was das für ein Ding ist, das dahinter zum Vorschein kommt, dieses unklare Muster hinter dem Gitter, aber jetzt bin ich mir ziemlich sicher, dass es eine Frau ist.

Bei Tageslicht verhält sie sich still und ruhig. Ich denke, es ist das Muster, das sie zähmt. Es ist so rätselhaft. Es hält mich stundenlang gefesselt.

Ich lege mich jetzt sehr oft hin. John sagt, es tut mir gut, und ich soll so viel schlafen wie möglich.

Im Grunde hat er diese Gewohnheit eingeführt, weil er mich drängte, mich nach jeder Mahlzeit eine Stunde hinzulegen.

Ich bin davon überzeugt, dass es eine sehr schlechte Angewohnheit ist – ich schlafe nämlich gar nicht.

Und so werde ich zum Schwindeln verleitet, denn ich sage ihnen nicht, dass ich wach bleibe – o nein!

Es ist nämlich so, dass ich seit Kurzem ein bisschen Angst vor John habe.

Er kommt mir manchmal so merkwürdig vor, und sogar Jennie sieht mich irgendwie sonderbar an.

Manchmal überlege ich mir, nur so als wissenschaftliche Hypothese, dass vielleicht die Tapete schuld ist!

Ich habe John beobachtet, ohne dass er es gemerkt hat, wenn er unter irgendeinem harmlosen Vorwand plötzlich ins Zimmer kam; und ich habe ihn mehrmals dabei erwischt, *dass er die Tapete anstarrte!* Und Jennie auch. Einmal ertappte ich Jennie sogar dabei, wie sie sie berührte.

Sie wusste nicht, dass ich im Zimmer war, und als ich sie leise, ganz leise fragte, was sie da mit der Tapete mache – da fuhr sie herum, als hätte ich sie beim Stehlen erwischt, sah mich ziemlich böse an und fragte, weshalb ich sie so erschreckt hätte!

Dann sagte sie, dass die Tapete alles, was mit ihr in Berührung kommt, schmutzig mache und dass sie gelbe Flecken auf allen Kleidungsstücken von John und mir gefunden habe und dass wir doch bitte vorsichtiger sein sollten!

Klang das nicht unschuldig? Aber ich weiß, dass sie das Muster untersucht hat, und ich bin fest entschlossen, dass niemand außer mir dahinterkommen soll.

Das Leben ist jetzt viel aufregender als vorher. Ich habe nämlich etwas, worauf ich warten kann, worauf ich mich freuen kann, das ich beobachten kann. Ich habe auch wirklich mehr Appetit und bin ruhiger als vorher.

John freut sich so, dass es mir besser geht! Neulich hat er sogar ein bisschen gelacht und gesagt, dass ich anscheinend trotz meiner Tapete aufblühe.

Ich habe es mit einem Lachen abgetan. Ich hatte gar nicht die Absicht, ihm zu erklären, dass es *wegen* der Tapete ist – er würde sich ja doch nur über mich lustig machen. Vielleicht würde er mich sogar von hier wegbringen wollen.

Jetzt möchte ich nämlich gar nicht mehr weg, nicht bevor ich es herausgefunden habe. Eine Woche bleibt mir noch, und ich meine, das müsste reichen.

Mir geht es so viel besser! Nachts schlafe ich nicht viel, denn es ist so interessant, die Entwicklungen zu beobachten; aber tagsüber hole ich viel Schlaf nach.

Tagsüber ist es ermüdend und verwirrend.

Der Pilz treibt ständig neu aus, in immer neuen Gelbtönen. Ich kann sie schon gar nicht mehr zählen, obwohl ich mir alle Mühe gebe.

Sie hat wirklich das merkwürdigste Gelb, diese Tapete! Ich muss an alle gelben Sachen denken, die ich je gesehen habe – nicht an die schönen wie Butterblumen, sondern an alte, verfaulte, schlechte gelbe Sachen.

Aber die Tapete hat noch etwas an sich – den Geruch! Er ist mir sofort aufgefallen, als wir das erste Mal in das Zimmer kamen, aber bei so viel Luft und Sonne war es nicht schlimm. Jetzt hatten wir eine Woche Nebel und Regen, und ob die Fenster offen stehen oder nicht, der Geruch ist da.

Er kriecht durchs ganze Haus.

Er hängt im Esszimmer, er drückt sich im Salon herum, versteckt sich im Gang, lauert auf der Treppe auf mich.

Er steckt in meinem Haar.

Selbst wenn ich draußen bin, wenn ich plötzlich den Kopf wende und ihn überrasche – dieser Geruch ist immer da!

Und es ist ein sehr eigentümlicher Geruch! Stundenlang habe ich versucht, ihn zu analysieren, um herauszufinden, wonach er riecht.

Er ist nicht schlecht – im ersten Moment – und sehr sanft, und trotzdem der aufdringlichste, hartnäckigste Geruch, der mir je untergekommen ist.

Bei diesem feuchten Wetter ist er fürchterlich, ich wache nachts auf und spüre, wie er über mir hängt.

Am Anfang hat er mich gestört. Ich habe ernsthaft überlegt, das Haus in Brand zu stecken, um diesem Geruch beizukommen.

Aber jetzt habe ich mich daran gewöhnt. Das Einzige, was mir dazu einfällt, ist, dass er wie die *Farbe* der Tapete ist! Ein gelber Geruch.

Ganz weit unten an dieser Wand, fast an der Fußleiste, ist eine äußerst sonderbare Schramme. Eine Spur, die um das ganze Zimmer herumführt. Sie ist hinter jedem Möbelstück, außer hinter dem Bett, eine lange, durchgehende, gleichmäßige *Verfärbung*, als wäre an dieser Stelle immer wieder entlanggerieben worden.

Ich frage mich, wie sie da hingekommen ist, wer sie gemacht hat und warum. Rundherum und herum und herum… rundherum und herum und herum… mir wird ganz schwindlig davon!

Endlich bin ich wirklich auf etwas gestoßen.

Weil ich es in den Nächten, wenn es sich so sehr verändert, in einem fort beobachte, habe ich es schließlich herausgefunden.

Das Muster im Vordergrund bewegt sich *wirklich* – und das ist kein Wunder! Die Frau dahinter rüttelt daran!

Manchmal glaube ich, dass ganz viele Frauen dahinterstecken, und manchmal denke ich, es ist nur eine, die schnell herumkriecht, und durch das Kriechen wird alles durchgeschüttelt.

An den ganz hellen Stellen hält sie sich ruhig, und an den ganz dunklen Stellen packt sie einfach die Gitterstäbe und rüttelt daran.

Und die ganze Zeit versucht sie, sich zwischen ihnen durchzuquetschen. Aber niemand könnte je durch dieses Muster klettern – es erdrosselt einen geradezu; ich glaube, das ist der Grund für die vielen Köpfe. Sie zwängen sich hindurch, dann würgt das Muster sie ab, dreht sie herum und lässt ihre Augen weiß hervortreten! Wenn diese Köpfe zugedeckt oder einfach ab wären, dann wäre es nicht halb so schlimm.

Ich glaube, die Frau kommt tagsüber heraus!

Denn – und das bleibt unter uns – ich habe sie gesehen!

Ich kann sie von jedem meiner Fenster aus sehen!

Ich weiß, es ist dieselbe Frau, denn sie kriecht immer, und die meisten Frauen kriechen nicht am Tage.

Ich sehe sie auf diesem langen, schattigen Weg, wo sie auf und ab kriecht. Ich sehe sie in diesen dunklen, weinbewachsenen Lauben, durch die sie um den ganzen Garten herumkriecht.

Ich sehe sie auf der langen Straße unter den Bäumen, sie kriecht sie entlang, und wenn ein Wagen kommt, dann versteckt sie sich unter den Brombeersträuchern.

Ich kann es ihr nicht verdenken. Es muss äußerst peinlich sein, tagsüber beim Kriechen erwischt zu werden!

Ich schließe immer die Tür ab, wenn ich tagsüber krieche. Nachts kann ich es nicht, denn ich weiß, dass John sofort Verdacht schöpfen würde.

Und John ist zurzeit so merkwürdig, dass ich ihn nicht verärgern will. Wenn er doch nur ein anderes Zimmer nähme! Ich will nicht, dass irgendjemand außer mir diese Frau nachts herauslässt.

Ich frage mich oft, ob ich sie aus allen Fenstern gleichzeitig sehen könnte. Aber selbst wenn ich mich noch so schnell drehe, kann ich immer nur aus einem Fenster sehen.

Und obwohl ich sie immer sehen kann, *könnte* sie vielleicht doch schneller kriechen, als ich mich drehen kann.

Ich habe sie manchmal weit draußen im freien Feld gesehen, und sie kroch so schnell wie ein Wolkenschatten im Sturm.

Wenn man nur das obere Muster von dem unteren entfernen könnte! Ich will es versuchen, Stückchen für Stückchen.

Ich habe noch eine andere lustige Sache entdeckt, aber von der sage ich diesmal nichts! Es ist nicht gut, anderen Leuten zu sehr zu trauen.

Ich habe nur noch zwei Tage, um diese Tapete herunterzukriegen, und ich glaube, John merkt langsam etwas. Der Ausdruck in seinen Augen gefällt mir nicht.

Und ich habe gehört, wie er Jennie einen Haufen fachlicher Fragen über mich gestellt hat. Sie hat einen sehr ausführlichen Bericht abgegeben.

Sie hat gesagt, dass ich tagsüber ziemlich viel schlafe.

John weiß, dass ich nachts nicht besonders gut schlafe, weil ich so still bin!

Auch mir hat er alle möglichen Fragen gestellt und so getan, als wäre er sehr liebevoll und fürsorglich.

Als ob ich ihn nicht durchschauen würde!

Trotzdem wundert es mich nicht, dass er sich so benimmt, wo er doch seit drei Monaten im Zimmer mit dieser Tapete schlafen muss.

Interessieren tut sie nur mich, aber ich bin mir sicher, dass John und Jennie insgeheim auch von ihr beeinflusst werden.

Hurra! Heute ist der letzte Tag, aber das genügt. John musste in der Stadt übernachten und kommt erst abends wieder zurück.

Jennie wollte bei mir schlafen – dieses heimtückische Ding –, aber ich habe ihr gesagt, dass ich sicherlich mehr Ruhe finde, wenn ich nachts ganz allein bin.

Das war ganz schön schlau von mir, denn in Wahrheit war ich kein bisschen allein! Sobald der Mond hereinschien und das arme Ding zu kriechen und am Muster zu rütteln begann, stand ich auf und kam ihr zu Hilfe.

Ich zog, und sie rüttelte, ich rüttelte, und sie zog, und schon bevor es Morgen war, hatten wir die Tapete meterweise abgezogen.

Einen Streifen bis ungefähr in Kopfhöhe und halb um das ganze Zimmer herum.

Und als dann die Sonne aufging und mich dieses schreckliche Muster auslachte, da habe ich geschworen, dass ich es heute fertig mache.

Morgen fahren wir ab, und sie bringen meine ganzen Möbel hinunter, um alles wieder im ursprünglichen Zustand herzurichten.

Jennie blickte voller Verwunderung die Wand an, aber ich habe fröhlich erzählt, dass ich es aus reiner Wut auf dieses bösartige Ding getan habe.

Sie lachte und meinte, sie hätte gute Lust, selbst mitzumachen, aber ich dürfe mich nicht so anstrengen.

Wie sie sich da verraten hat!

Aber ich bin da, und kein Mensch außer mir fasst diese Tapete an – zumindest nicht *lebend*!

Sie versuchte, mich aus dem Zimmer zu bekommen – das war zu offensichtlich! Aber ich meinte, es sei jetzt so ruhig und leer und sauber, dass ich mich wieder hinlegen und so viel wie möglich schlafen wolle, und sie sollte mich nicht einmal zum Abendessen wecken – ich würde sie rufen, wenn ich aufwachte.

Jetzt ist sie also fort, und auch die Dienstboten sind fort und all unsere Sachen sind fort, und es ist nichts weiter übrig als dieses große, am Boden festgenagelte Bettgestell mit der Segeltuchmatratze, die von Anfang an darauf war.

Heute Nacht schlafen wir unten, und morgen nehmen wir das Schiff nach Hause.

In dem Zimmer fühle ich mich ganz wohl, jetzt wo es wieder leer ist.

Wie diese Kinder hier gewütet haben!

Das Bettgestell ist geradezu angenagt!

Aber ich muss mich an die Arbeit machen.

Ich habe die Tür abgeschlossen und den Schlüssel auf den Weg vor dem Haus geworfen.

Ich will nicht hinaus, und ich möchte nicht, dass jemand hereinkommt, bevor John da ist.

Ich möchte ihn verblüffen.

Ich habe ein Seil hier oben, das nicht einmal Jennie gefunden hat. Wenn diese Frau herauskommt und versucht wegzulaufen, kann ich sie festbinden!

Aber ich habe vergessen, dass ich nicht besonders weit reichen kann, wenn ich nichts habe, worauf ich mich stellen kann.

Das Bett lässt sich einfach nicht verrücken!

Ich habe versucht, es hochzuheben und zu schieben, bis ich nicht mehr konnte, und dann war ich so böse, dass ich an einer Ecke ein kleines Stückchen abgebissen habe – aber danach taten mir die Zähne weh.

Dann habe ich die ganze Tapete so weit abgerissen, wie ich vom Boden aus hinaufreichen konnte. Sie klebt fürchterlich fest, und das Muster genießt es nur so! Diese ganzen abgewürgten Köpfe und hervortretenden Augen und wabernden schwammigen Auswüchse kreischen geradezu vor Spott!

Ich werde bald so wütend, dass ich etwas Verzweifeltes anstelle! Aus dem Fenster zu springen wäre ein bewundernswürdiges Unterfangen, aber die Gitterstäbe sind zu dick, um es überhaupt zu versuchen.

Außerdem würde ich es auch gar nicht tun. Natürlich nicht. Mir ist sehr wohl klar, dass ein solcher Schritt nicht angemessen wäre und falsch verstanden würde.

Ich mag nicht einmal aus dem Fenster *sehen* – da draußen sind so viele von diesen kriechenden Frauen, und sie kriechen so schnell.

Ob sie wohl alle aus der Tapete gekommen sind, so wie ich?

Aber ich bin jetzt sicher an meinem gut versteckten Seil festgebunden – *mich* kriegt ihr hier nicht raus.

Wenn es Nacht wird, muss ich wohl wieder hinter das Muster, und das ist hart!

Es ist so angenehm, draußen in diesem großen Zimmer zu sein und herumzukriechen, wie es mir gefällt!

Ich will nicht nach draußen. Auch nicht, wenn Jennie mich darum bittet.

Denn draußen muss man auf der Erde kriechen, und alles ist grün statt gelb.

Aber hier kann ich ruhig auf dem Fußboden herumkriechen, und meine Schulter schmiegt sich genau an diese lange Spur an der Wand, so dass ich mich nicht verirren kann.

Oh, da ist John an der Tür!

Es hat keinen Sinn, junger Mann, du kriegst sie nicht auf!

Und wie er ruft und gegen die Tür hämmert!

Jetzt schreit er nach einer Axt.

Es wäre zu schade um diese schöne Tür!

»John, Liebster!«, sagte ich mit sanftester Stimme. »Der Schlüssel ist unten neben der Treppe am Eingang, unter einem Wegerichblatt!«

Das brachte ihn für ein paar Momente zum Schweigen.

Dann sagte er, und zwar wirklich ruhig: »Mach die Tür auf, Liebling!«

»Ich kann nicht«, sagte ich. »Der Schlüssel ist unten an der Eingangstür unter einem Wegerichblatt!«

Und dann sagte ich es wieder, mehrmals, ganz sanft und langsam, und ich wiederholte es so oft, dass er nachsehen musste, und er fand ihn natürlich und kam herein. An der Tür blieb er abrupt stehen.

»Was ist los?«, rief er. »Um Himmels willen, was machst du!«

Ich kroch einfach weiter, aber ich sah ihn über die Schulter hinweg an.

»Jetzt bin ich doch noch herausgekommen«, sagte ich, »dir und Jane zum Trotz. Und ich habe fast die ganze Tapete abgerissen, so dass ihr mich nicht wieder reinstecken könnt!«

Warum nur ist der Mann da in Ohnmacht gefallen? Ja wirklich, er ist einfach umgefallen, und mir genau in den Weg an der Wand, so dass ich jedes Mal über ihn hinwegkriechen musste!

Aus dem Englischen von Elke Link

Felicitas Hoppe
Die Sommerverbrecher

In der Nacht vor meiner Flucht in die Sommerfrische schlich ich ins Badezimmer, bezog Stellung vor dem Ganzkörperspiegel, verband mir die Augen und schnitt mir die Haare, bis ich mich nicht mehr erkannte. Vor dem ersten Hahnenschrei bestieg ich, ein Hemd, ein Hut, eine Schürze, den Bus. Den Sonnenschirm ließ ich da, ich wollte kein Aufsehen erregen. Außerdem wuchsen die Bäume im Garten unseres Sommerhauses schon in den Himmel.

Ich hielt den Atem an bis zur letzten Sekunde und aß den Teller leer bis zum Grund, denn meine Mutter liebte das kratzende Geräusch von Löffeln beim Essen. Ein nur zur Hälfte geleerter Teller weckt Misstrauen wie ein gepackter Koffer vor einer angelehnten Zimmertür oder wie ein Paar allzu frisch geputzter Schuhe auf der Schwelle. Was soll das schon wieder, hätte meine Mutter gerufen, der Koffer, die glänzenden Schuhe, diese Appetitlosigkeit und der leere Blick bei Tisch! Ganz zu schweigen von ihrer Empörung beim Anblick der nicht zu Ende gelesenen Bücher auf meinem Kopfkissen, der leeren

Hefte in meinen Schubladen, des gefährlich weit geöffneten Fensters bei Nacht und ihrer halb erhobenen Hand, die nie wusste, in welche Richtung sie ausholen sollte, halb Krieg und halb Frieden.

Unermüdlich bereitete meine Mutter mich auf das Leben vor, seit mein Vater eines Morgens den Bus bestiegen hatte, als führe er wieder zur Arbeit. Aber auf seinem Weg wurde es plötzlich Sommer. Ein lauer Windstoß musste ihm ins Genick gefahren sein, so dass ihm die Tasche aus der Hand fiel und sich noch im Fallen öffnete. Akten und Hefte wehten auf die Straße, konnten jedoch von vorübergehenden Sammlern geborgen und in das nächste Museum für Arbeit und Unglück gebracht werden, das unsere Nachbarn seither an Wochenenden gern und kostenlos besuchen.

Meine Mutter verlor keine Zeit und breitete große Bögen weißen Papiers über meinen Schreibtisch, als decke sie festlich die Tafel mit folgenden Worten: Warum, lieber Vater, hast du uns verlassen, den Teller halb voll und die Tür noch halb offen und die Hand nur so halb erhoben zum Schlag, so darf man nicht gehn! Ich füllte die Bögen bis hinunter zum Rand, denn meine Mutter liebte das Geräusch der kratzenden Feder beim Schreiben. Aber die Nachbarn riefen, man tut ja kein Auge zu, und klopften heftig gegen die Wand und behaupteten, mein Vater sei bei der Besichtigung des Museums für Arbeit und Unglück auf den Aussichtsturm gestiegen und, allzu sehr in die Betrachtung des Umlands versunken, in die Tiefe gestürzt.

Zwar wussten die Nachbarn viel, aber ich wusste es besser. Mein Vater hatte sich in unser Sommerhaus zurückgezogen, wo er ohne Zweifel seine Tage damit verbrachte, die Bäume im Garten zu wässern und mich zu erwarten, während meine Mutter, deren Tüchtigkeit keine Jahreszeiten kannte, nicht müde wurde, mich bei fest verschlossenen Fenstern auf das Leben vorzubereiten.

Ich sollte Wächter werden, ein nützlicher Posten mit Sinn und Verstand und Gehalt, denn die Wächter, sagte meine Mutter und schrieb ich, kennen die Menschen besser als andere und lesen gleich in ihren Gesichtern, was gespielt wird. Trägt also einer der Besucher einen bestimmten Zug im Gesicht, so lässt man ihn gar nicht erst ein. Vielleicht ins Museum zu ebener Erde, wo sich allerlei interessante Ausstellungsstücke in Vitrinen befinden, aber niemals auf den Turm. Der Besucher würde sich allzu sehr in die Betrachtung versenken und womöglich hinunterstürzen. Zwar erzählen die Nachbarn, man habe dort oben jetzt Gitter angebracht, aber wer wirklich etwas sehen will, kommt auf Zehenspitzen und ist zu allem fähig.

Solchem Unglück muss mit allen Mitteln vorgebeugt werden. Hätten wir früher schon tüchtige Wächter gehabt, wäre mein Vater gar nicht erst auf den Turm gekommen, der Wächter hätte freundlich seinen Arm zwischen meinen Vater und den Aufstieg geschoben und ebenso freundlich, aber bestimmt den Kopf geschüttelt. Mein Vater hätte auf dem Absatz kehrtgemacht, und wir säßen heute nicht vor seinem halb vollen Teller ohne Abschied und Nachricht. Aber der Wächter verstand sich wohl nicht auf die Kunst des Wachens, wahrscheinlich warf er nicht einmal einen Blick in das Gesicht meines Vaters, sondern starrte stattdessen missmutig aus dem Fenster und ließ meinen Vater mit einem ungeduldigen Wink passieren, ohne die Eintrittskarte zu prüfen. Und das ist der

Fehler, sagte meine Mutter und schrieb ich, man muss nämlich wissen, wer wo hingeht und von wo zurückkommt, alles andere ist sinnlos.

Ich wusste es besser. Mein Vater hatte niemals den Turm bestiegen, denn der Sommer war viel zu heiß, um auf Türme zu steigen. Die Wächter lagen träge in den Ecken, und mein Vater lag unter den Bäumen im Garten unseres Sommerhauses und rührte keinen Finger, um meine Briefe zu beantworten. Er wusste auch nicht, dass meine Mutter das Haus längst den Nachbarn zum Kauf angeboten hatte. Aber ich las im Gesicht meiner Mutter gleich, was gespielt wurde. Ich sah die gepackten Koffer und die geputzten Schuhe vor der Haustür der Nachbarn und hörte sie abends bei weit geöffneten Fenstern die Lieder ihrer Jugend singen, bis meine Mutter ungeduldig gegen die Wand schlug. Aber die Nachbarn lachten und sangen weiter.

Am nächsten Morgen schafften sie die Koffer zur Bahnstation, und während meine Mutter versuchte, das Geld in den Tiefen ihrer Schublade vor mir zu verbergen, schlich ich ins Badezimmer und bezog Stellung. Als meine Mutter das Geklapper der Schere hörte, riss sie die Tür auf und begann zu schreien. Ich zog mir das Tuch von den Augen und sah im Spiegel, wie sie im Türrahmen stand, die Arme ausgebreitet wie Flügel. Aber ich schob mich zwischen sie und den Eingang und schüttelte freundlich den Kopf. Man muss wissen, wer weggeht und wer nicht zurückkommt, alles andere ist sinnlos.

Margriet de Moor
Fürs Glück geboren

Sie ist auf dem Weg ins Kino.

An ihrem hinkenden Gang, an ihrem in einen Regenmantel gehüllten Körper, des Weiteren an ihrem Engelsgesicht, in dem hinter einer total falsch ausgesuchten Brille mit schwerer dunkelbrauner Fassung ein Paar zerstreute blaue Augen umherschweifen, und schließlich an diesem Hut!! lässt sich nicht ablesen, dass hier Marie Anne Hooghoudt geht, am 30. September 1920 fürs Glück geboren, jetzt auf dem Weg zu ihrer letzten Lebensstunde.

Fürs Glück geboren. Aber ja. Hier ist das Geburtszimmer: eine Dachkammer in der St. Jansstraat in Oss, überbelegt mit vier Frauen, die jüngste liegt mit weit gespreizten Beinen auf dem Bett, die anderen drei machen sich mit irgendwas zu schaffen, nein, kein Mann. Los! Noch *ein*mal, streng dich an! Zwei Füßchen sind bereits zum Vorschein gekommen, sie strampeln sogar, das Mädchen auf dem nassen schmutzigen Laken plagt sich ab, denn die Lage des Kindes ist weiß Gott nicht ideal, aber, bitteschön: Marie Anne wird geboren.

»Ach du großer Gott, ach heilige Mutter von Kevelaer, was für ein mickriges Ding!«

Die Worte gehen unter in einem fürchterlichen Schlag, eine der Frauen hat eine kleine Waschschüssel auf den Boden fallen lassen. Das Emailding schaukelt ein paarmal hin und her und gerät schließlich in ein Kippeln, das mit einem tiefen, ungemein eindringlichen, anschwellenden Surren einhergeht, das Baby hält den Atem an, auch als es plötzlich still wird, nie, nicht ein einziges Mal in seinem Leben wird es etwas Schöneres hören: Dies war der Beckenschlag seines Glücks. Jetzt schlägt man es auf den Hintern.

Das Kind ist von guter Herkunft. Der Vater, dem auf gar keinen Fall Nachteile aus einer Jugendtorheit erwachsen sollen, wird zu Verwandten nach Boston, Mass., geschickt, in eine Villa mit Säulenportal, auf einen sonnenüberfluteten Rasen, wo er zwischen einer Reihe blendend weißer Figuren mitrennen, -fallen, -schlagen darf. Er braucht sich im Übrigen nicht zu beeilen: Der Sessel in dem holländischen Direktionszimmer hat zwar Beine, aber läuft nicht weg. Bleibt noch die Mutter. Nun, die Mutter tritt bei den Dienerinnen des Heiligen Geistes von der ewigen Anbetung in Tilburg ein. Ein Sturm im Wasserglas, die Ankunft von Marie Anne Hooghoudt.

Sie wächst auf in einem Dorf mit einem drolligen Namen: 't Zanddaarbuiten. Am Fluss liegt eine Zuckerfabrik, neben dem Sandweg eine Reihe kleiner Häuser, die sich in ihrem Armeleutegeruch gegenseitig stützen. Die Krisenjahre haben hier längst begonnen, das Mannsvolk schuftet, trinkt und ist fürchterlich schnell auf der Palme, die Frauen setzen – in Windeseile – ein Kind nach dem anderen in die Welt, von denen die Hälfte bereits in den Windeln stirbt. Was ist Marie Anne aus ihrer Pflegekindzeit in Erinnerung geblieben?

Die Felder, die Sonne, der Fluss, der unbeschreibliche, allgegenwärtige Geruch, wenn im Spätsommer die Rübenernte beginnt, Geschrei, Boote, Zugpferde, zwei dunkelrote Motorroller rasen über den Sandweg, der glitschig wie Sirup ist, auf den Dachböden der Fabrik wird der Abfall gesammelt, die Kinder klettern die Leitern hinauf und tauchen Hände, Finger, Zungen, Goldrenetten in die dunkelgelbe Melasse… Doch tiefer als all dies funkelt das Mysterium, das sich am Tag ihrer Erstkommunion zuträgt. Die Sonne scheint durch das Küchenfenster, sie ist acht, eine völlig fremde Frauensperson hockt vor ihr auf dem Boden.

»Na los, zieh schon an!«

Marie Anne steckt ihre schmächtigen Glieder in ein weiches weißes Kleid, dessen Innenseite glitzert wie ein Fischrücken. Nun wird ihr noch ein Krönchen auf die Schläfen gedrückt, ein Messbuch – feuerroter Schnitt – in die Hand, und man nimmt sie auf dem Rücksitz eines Autos in eine fremde Stadt mit, ein Tor, ein stiller Gang, ein stilles Portal, eine Tür, die mit ersticktem Seufzer hinter ihr zufällt… Ah! Durch ein Gitter bestaunt sie eine verlassene Kirche. Aber doch nicht ganz verlassen. Dort, in der Tiefe, glüht ein Licht, und dicht davor ist, wenn man richtig hinschaut, eine reglose Gestalt zu erkennen, die kniend auf den Altarstufen liegt.

»Wer ist das?«, möchte Marie Anne von ihrer Begleiterin wissen.

Ach, das ist niemand, das ist, sagen wir mal, eine Frau, die dich liebt, die ein Fragment des ewigen Gebets vollenden muss, bevor sie die Erlaubnis bekommt, nachher in einem kleinen Nebenraum des Schlosses ein mageres, blasses Kind in einem gesmokten Kleid anzustarren, sie muss sich dabei allerdings in Acht nehmen, ihre Augen dürfen glitzern, aber nicht richtig feucht werden.

Marie Anne traut ihren Augen kaum. Sie umklammert das Gitter und findet alles schön. Am schönsten findet sie die verzauberte Prinzessin in ihren hellblau und rosa Gewändern.

Ihre Jugendjahre auf dem Dorf gehen dahin. Eines Tages steht eine Amtsperson vor der Tür. Ihrem Kommen ist natürlich Entsprechendes vorausgegangen, die Leute in 't Zanddaarbuiten haben es schwer, und es gelingt ihnen nicht immer, Haltung und Anstand zu wahren. Manche Mütter sterben – Diphtherie –, manche Väter kommen wegen schwerer Gewalttätigkeit in den Knast, die Kinder verschwinden zu Verwandten. Aber Marie Anne hat keine Verwandten.

»Marie Anne Hooghoudt!«

Der Mann im Ledermantel greift links nach ihrem Köfferchen und rechts nach ihrer Hand.

Jetzt bricht die Zeit an, da sie im Schlafsaal, in der Klasse, unter dem Kastanienbaum auf dem Schulhof, die Finger in die Ohren gesteckt, dasitzt und liest, sie ist weg, all die Jahre, sie ist woanders, ihre kleinen Schicksalsgenossinnen lachen sie aus, tratschen über sie und lassen sie dann in Ruhe. Als für die sechzehnjährige Marie Anne eine Stelle auf einer der südholländischen Inseln gefunden wird, ist ihr Gedächtnis um eine Reihe kostbarer Liebesgeschichten bereichert – Flüsterworte, Umarmungen, Dämmerlicht –, um Männer, die eine Frau bis ins Innerste ihrer Seele verstehen.

Missverständnisse bleiben nicht aus. Auf das Willkommen in ihren Augen hin wissen die diversen Söhne des Hauses ihr Bett unter dem Dach zu finden. Mag der eine auch etwas wilder atmen, etwas schneller zustoßen als der andere, die Situation läuft doch stets auf das Gleiche hinaus: Keiner der jungen Männer vermutet, dass das weiche, warme Mädchen in Wirklichkeit träumt, dass es im Schnee liegt und schläft. Aber schon wieder vorbei.

Vorbei schon wieder, und es wird Krieg, es ist Mai, unter einem strahlenden Himmel steigen große schwarze Wolken vom Boden auf. Im Hoekse Waard ist es die erste Zeit noch nicht so schlimm. Erst 1943 kann man eine unbeirrbare junge Frau gebrauchen, um *De Koerier* zu verteilen. Marie Anne ist auch dabei, als man nachts im Polder vier Brände legt, als man das Postamt, die Käsefabrik, ein Waffendepot überfällt, sie erlangt großes Geschick im vollkommen lautlosen Radeln, Gehen, an Türen und Fenstern Spionieren, sie lernt den Biesbosch kennen, wo man im Schilf und auf den Booten auf unbeschreibliche Art und Weise lebt und wo ein Mann ihr ein paar englische Worte beibringt – *today, nearly summer, there's plenty!* –, die ihr das ganze Leben lang genau jenes prickelnde Glücksgefühl geben werden … Sie wird Zeugin einiger giftiger, übler Ereignisse.

Im Herbst 1945 haben sich ihre Lebensumstände schon wieder geändert. Jetzt gibt es Verkehrsgewühl. Jetzt gibt es Menschenmengen. Sie arbeitet als Verkäuferin in einem Amsterdamer Kaufhaus. Aus irgendeinem Grund kommen ihre Kollegen nicht auf die Idee, die sympathische Brünette zu ihren Geburtstagen einzuladen. Einmal, im Sommer, merkt

Marie Anne, dass ihr jemand folgt. Sie geht die Leidsestraat entlang, unter den Ulmen an der Gracht, und mit einem Mal bekommt sie Spaß an ihrem Spaziergang, es ist, als ob sie Flügel hätte, gleichzeitig aber durch eine Schnur um ihren Fußknöchel zurückgehalten wird. Der Mann verringert den Abstand zwischen ihnen nicht, auch wenn sie stehen bleibt, um sich – ganz bestürzt – in einer Schaufensterscheibe zu spiegeln, tritt er nicht näher. Die Sonne wandert bereits nach Westen, als sie endlich dazu kommt, ihm ihre Adresse zu zeigen: Sie legt die Hand auf eine Zahl neben einem Hauseingang und nimmt ihren Schlüssel.

Tatsächlich bekommt sie am nächsten Vormittag Post. Zum ersten Mal in ihrem Leben liest sie ein Liebesgedicht.

Eine Woche später sagt er: »Sonst werde ich bis zu meinem Tod an dich denken müssen.«

Der Mann – er heißt Lelieveld – möchte, dass sie heiraten. Sein Ernst erschreckt sie, aber die Faszination ist stärker. Außerdem will sie ihn trösten. In einer Augustnacht wird sie wach und sieht ihn nackt, die Ellbogen auf der Fensterbank, in den Sternenhimmel starren. Sie steigt aus dem Bett, tritt von hinten an ihn heran und streicht, ganz leicht und beiläufig, mit den Fingerspitzen über sein Geschlecht.

Wer vermag zu entscheiden, ob diese Ehe unglücklich war?

Als Marie Anne Hooghoudt nach langer Zeit ihren Mädchennamen wieder annimmt, ist sie kleiner und dicker geworden. Ziemlich kurzsichtig ist sie auch. Sie hat die Angewohnheit, in zerstreutem Erstaunen die Augen aufzureißen und danach heftig zu blinzeln. In ihrem Herzen ist keine Spur von

Groll. Mit der Tochter, die im dritten Ehejahr geboren wurde, bezieht sie eine Wohnung im obersten Stockwerk eines Hauses, das nach Holz riecht.

»O wie toll! Wie toll!«, ruft das zwölfjährige Mädchen am ersten Abend.

»Was ist?«

Marie Anne sieht, dass das Kind hinter den Vorhängen seines Schlafzimmers verschwunden ist.

»Komm und schau!« Marie Anne hat die Brille aufgesetzt und ist näher getreten. Jetzt hält sie den Atem an. Weit weg, in der Tiefe, sieht sie auf einem Innenhof zwischen den Häusern eine Reihe märchenhafter Tiere, etwa acht Pferde, die unter dem Scheinwerferlicht im Schritt gehen, traben, wenden…

»Ja, ja, du darfst«, sagt sie, bevor sie die Lampe ausknipst.

Als ihre studierende Tochter in ein möbliertes Zimmer zieht, sucht Marie Anne nach mehr Beschäftigung. Das ist überhaupt kein Problem. Die Frau, die nachts nicht mehr besonders gut schläft, die Schwierigkeiten mit dem Gehen hat, wird eingesetzt, um Blumen zu arrangieren, Geld einzusammeln, Gefangene, Invalide, Alte zu besuchen, senile Leute mit Brei zu füttern. Einmal, an einem Wintertag, zeigt ein böser alter Mann hinaus, dort steht ein Baum mit kahlen Ästen.

» Himmelherrgottnochmal!«

Marie Anne folgt seiner bebenden Hand. Ihre kurzsichtigen Augen entdecken, dass ein Meisenhäuschen, das schief an einem Nagel hängt, trotzdem bewohnt ist.

»Noch einen Löffel«, bittet sie verlegen.

Manchmal, wenn sie schrecklich müde nach Hause kommt, geht sie in das kleine Zimmer, das nach hinten raus liegt. Die

Pferde in der Ferne sind immer da. Sie üben einen Reiz aus, der ein ganzes Stück größer, ein ganzes Stück verständlicher ist als das Bett, die vergessenen Poster an der Wand und die Kleider, die ihre Tochter liegen gelassen hat. Eines Tages stellt ihr das Mädchen seinen Freund vor. Der junge Mann ist überzeugend. Von Beruf ist er Reitlehrer, Jockey und Hufschmied, sie ist Tierärztin: Ihre Zukunft liegt nicht in diesem kleinen Land, nicht in Europa, sondern in der Weite der australischen Ebenen. Marie Anne schaut auf die schwarzen Augenbrauen und den Glanz der Augen. Sie versteht, was ihre Tochter fasziniert. Auch als das Paar abgereist ist und sie, zurückgeblieben, geistesabwesender denn je, hinausschaut, auf den Innenhof in der Ferne, versteht sie, was das Kind fasziniert hat…

Heute ist ein Brief eingetroffen. Ihre Tochter schreibt, dass sie, ihr Mann und die Kinder doch noch nicht kommen. Marie Anne legt die Brille auf den Tisch und reibt sich mit den Fingerknöcheln die Augen. Dann geht sie in die Küche. Zucker, Kakao mit Wasser anrühren und zum Schluss die kochend heiße Milch. Es ist ein Montagnachmittag im Winter. Plötzlich hat sie Lust auf einen schönen Film, einen russischen oder italienischen Film mit viel Landschaft. Mit blauem Himmel. Vögeln. Ihr Hut und der Regenmantel hängen an der Tür.

In dem Moment, als sie in den dunklen kleinen Saal schlurft, spürt sie, wie die Kälte aus ihrem Körper verschwindet. Da ist Musik. Da sind reglose Gestalten. Die samtenen Arme eines engen Stuhls umfassen sie. Sie seufzt – Pff! Schnell müde in letzter Zeit! – und stellt die Füße auseinander. Dann schlägt sie die Augen auf. Sie vergisst alles. Auf einem Diwan liegt ein Mann, ein ruhiger, sympathischer Mann, der kaum mehr tut als schauen. Schauen auf die Sonnenflecken auf dem Fußboden, das Gras, da sind die Hügel … eine Frau in Sommerkleidern hat eine Frisur aus strahlendem Licht …

Today, nearly summer, there's plenty!

Wo kommen diese Worte auf einmal her? Marie Anne lacht, schmatzt mit den Lippen und sinkt vornüber. Für einen Moment verspürt sie einen entsetzlichen Schmerz – sie ist zwischen den Stühlen zu Boden gefallen –, dann ist tief innen in ihrem Kopf etwas passiert, zustande gekommen, eine chemische Reaktion, könnte man meinen, und während sie rückwärts davongetragen wird, in einem süßen Duft, unter leisem, friedlichem Schnarchen, sieht sie eine Ebene in der Ferne – oh, das Leben, das Leben, schau doch nur!

Aber sie hat bereits losgelassen, sie ist bereits weg. Marie Anne Hooghoudt, fürs Glück geboren …

Aus dem Niederländischen von Helga van Beuningen

»IN DIESEM ZIMMER GEHT SO VIEL VOR«
Von Heldinnen, die aufbrechen, das Glück zu finden

Die eine sehnt sich nach einem Mann, Kindern oder ganz viel
Geld. Eine andere sucht die Unabhängigkeit und pfeift auf
Reichtum. Und während die nächste unversehens vom Glück
überfallen wird, wartet manche ein Leben lang vergebens,
ohne eine Vorstellung davon, was sie eigentlich von ihrem
Leben will.

Die »Heldinnen des Glücks« in diesem Band eint, dass sie
sich auf den Weg machen. So unterschiedlich die Zeiten und
äußeren Umstände, so unterschiedlich ihre Lebensentwürfe
auch sind, alle sieben suchen ihr Glück. Die Erzählungen rei-
hen sich in die »Geschichten vom Aufbruch« ein, die wir für
das erste Programm der *edition fünf* zusammengestellt haben.
Sie alle kreisen um das Thema: Wie erobern Frauen sich die
Welt? Wo suchen sie das Glück? Und wie sieht es aus?

Wagemutig oder zögerlich, kühn oder besonnen, immer
aber mit Eigensinn nehmen unsere Heldinnen ihr Schicksal
in die Hand. Sie entdecken Wünsche, sie bestehen Abenteuer
und Krisen, machen Wandlungen durch oder auch keine, und
manchmal geschieht nach außen hin nichts, weil die Veränderung eine innerliche war.

Ausgewählt haben wir Autorinnen, die uns besonders am
Herzen liegen, mit einigen unserer liebsten Geschichten über
die Wünsche, Sehnsüchte und Entscheidungen von Frauen.
Kurzprosa ist eine sehr weibliche Form literarischen Schaf-
fens. Sei es, weil der schriftstellerische Erkundungsraum größer scheint, sei es, weil der Alltag so wenig Zeit zum Schrei-

ben lässt, viele Autorinnen wählen die Erzählung. Die Folge ist Verdichtung. Und oft verbirgt sich auf wenigen Seiten ein ganzer Roman.

Fast alle unsere Heldinnen werden von Wendungen und jähen Brüchen überrascht, nicht selten geraten sie auf unerwartete Umwege – sogar dann, wenn sie ihr Ziel klar vor Augen haben und so tatkräftig an die Umsetzung ihrer Pläne gehen wie die Protagonistinnen in den Erzählungen von Anna Banti und Sarah Kirsch – beide mit dem Willen zum Glück, doch mit ganz unterschiedlichen Ergebnissen.

Manchmal ist es schlicht der Lauf der Dinge, der einen Aufbruch zwingend macht. In »Die Sommerverbrecher« von Felicitas Hoppe zeigt gerade das unumgängliche Erwachsenwerden die Dramatik des Abschiednehmens in seiner ganzen Intensität. Wie schwer doch der Durchbruch zum Eigenen ist!

Welche Folgen es haben kann, wenn jeder Entscheidungsspielraum genommen wird, führt Charlotte Perkins Gilman vor. Sie schildert das Schicksal einer Frau, der wegen postnataler Depression eine strenge »Ruhekur« verordnet wird, wie dies Ende des 19. Jahrhunderts üblich war. Der Preis, den die Heldin für die erzwungene Untätigkeit zahlen muss, ist erschreckend.

Dass nicht äußere Umstände allein einen Aufbruch verhindern, zeigt Margriet de Moor. Sie stellt eine Frau vor, die auf Selbstbestimmung verzichtet und so bis zuletzt ein Spielball fremder Kräfte bleibt. »Fürs Glück geboren« lautet der ironische Titel ihrer Geschichte, in der sich die Heldin nicht weiter wagt als bis ins nächste Kino.

Dabei kann es auch ohne jedes Zutun gehen. In »Einfache Freuden« von Jane Bowles stellt sich das Glück buchstäblich über Nacht ein. Alva Perry wartet auf nichts und niemanden, genießt beinahe trotzig das Alleinsein. Und plötzlich ist in ihrem kleinen, unvollkommenen Leben Platz für jemand anderen.

Auch bei Alice Munro ist der Anlass zur Veränderung ein Mann – der Grund allerdings ist er nicht. Ihrer nicht mehr ganz jungen Heldin Meda bietet sich ein Nachbar als Heiratskandidat an. Obwohl die Annäherung der beiden vor 150 Jahren spielt, hält die Geschichte noch heute unerwartete Einblicke darin bereit, wie sehr sich die Lebensentwürfe von Männern und Frauen unterscheiden können. Medas Entschluss reift innerlich, die Veränderung bleibt nach außen hin unsichtbar: »In diesem Zimmer geht so viel vor, dass es nicht nötig ist, es zu verlassen.«

Nur scheinbar herrscht in Medas Zimmer Ereignislosigkeit. Das Wesentliche geschieht unter der Oberfläche. Wenn wir von solchen Abenteuern lesen, trägt sich das Erstaunliche zu: Unsichtbares wird greifbar und beginnt auf uns einzuwirken. Denn innere Welten teilen heißt, ihnen Realität zu verleihen.

Karen Nölle und Christine Gräbe
Herausgeberinnen

DIE AUTORINNEN UND IHRE ÜBERSETZERINNEN

Anna Banti

Anna Banti (*1895 in Florenz, †1985 in Ronchi di Massa) ist das Pseudonym der italienischen Schriftstellerin, Übersetzerin und Kunsthistorikerin Lucia Lopresti. Sie schrieb Romane, Erzählungen und zahlreiche Künstlermonographien. Ihre Geschichten sind ungewöhnlich, ihre Protagonistinnen oft sehr eigensinnig: Heimlich oder offen rebellieren sie gegen ihr Los und nehmen ihr Schicksal in die eigene Hand.

»Das Dorf der Dienstmädchen« (»Il paese delle serve«) von 1958 erschien erstmals 1963 in dem Band *Campi Elisi* und auf Deutsch in *Ich schreibe Ihnen aus einem fernen Land. Erzählungen,* aus dem Italienischen von Karin Krieger, List Verlag, München, Leipzig 1997. © Fondazione Roberto Longhi. © der deutschen Übersetzung Karin Krieger (1997).

Karin Krieger (*1958), Romanistin und FC-Union-Berlin-Fan, übersetzt über den Dächern von Berlin Bücher aus dem Italienischen und Französischen. Neben Anna Banti gehören Claudio Magris, Ugo Ricarelli und Armando Massarenti zu ihren liebsten Autoren.

Jane Bowles

Jane Bowles (*1917 in New York, †1973 in Málaga) reiste viel, vor allem durch Südamerika und Europa. 1948 schloss sie sich einer Künstlerkolonie in Tanger an. Dorthin kehrte sie immer wieder zurück, bis sie 1957 mit nur 39 Jahren einen Schlaganfall erlitt. Dem Leben widmete sie ebenso viel Energie wie dem Schreiben. Dabei ist ihr Ansatz keineswegs ein autobiographischer. Stattdessen beobachtet und seziert sie andere, sachlich und in kühlem Ton. Aus distanzierter Nähe schreibt sie beinahe ausschließlich über Frauen, über Mütter und Ehefrauen, über ungestillte Sehnsüchte in einer unberechenbaren Welt.

Die Erzählung »Einfache Freuden« erschien 1966 unter dem Titel »Plain Pleasures«, auf Deutsch erstmals in der Übersetzung von Adelheid Dormagen in dem gleichnamigen Erzählband *Einfache Freuden* 1985 im Carl Hanser Verlag, München und Wien. Die deutschsprachigen Rechte an den Erzählungen von Jane Bowles liegen bei der Schöffling & Co. Verlagsbuchhandlung GmbH. © dieser Übersetzung Adelheid Dormagen (1985).

Adelheid Dormagen hat Deutsch und Englisch studiert und ist seit dreißig Jahren Übersetzerin aus Passion. Neben Jane Bowles übertrug sie unter anderem Bücher von Elizabeth von Arnim, Saki, Doris Lessing, Michael Ondaatje, Virginia Woolf und Amy Bloom ins Deutsche.

Margriet de Moor

Margriet de Moor (*1941 in Noordwijk) wollte eigentlich Sängerin werden und fand erst über Umwege zum Schreiben. Sie studierte zunächst Gesang und Klavier, später Archäologie und Kunstgeschichte, bekam zwei Töchter. 1988 debütierte sie mit den Erzählungen *Rückenansicht*, der erste Roman *Erst grau dann weiß dann blau* erschien drei Jahre später. Bis heute beeinflusst die Musik ihr Schreiben. Außerdem spielt der Zufall in ihren Erzählungen und Romanen eine tragende Rolle: Er entscheidet über das Schicksal ihrer Protagonistinnen, führt oft zu jähen Brüchen, die alles verändern.

»Fürs Glück geboren« zählt die Autorin zu den Erzählungen von ihr, in denen sich ein nie geschriebener Roman verbirgt. Im Original erschien »Voor het geluk geboren« zuerst in der Juli / August-Ausgabe 1990 der auflagenstarken feministischen Zeitschrift *Opzij* in Amsterdam, auf Deutsch in Magriet de Moor: *Ich träume also. Erzählungen,* aus dem Niederländischen von Helga van Beuningen, © 1996 Carl Hanser Verlag, München.

Helga van Beuningen (*1945) übersetzt nach langen Lehrjahren an der Universität seit einem Vierteljahrhundert niederländische Literatur. Ihre wichtigsten Autoren sind, neben Margriet de Moor, Cees Nooteboom, A. F. Th. van der Heijden und Marcel Möring.

143

Charlotte Perkins Gilman

Charlotte Perkins Gilman (*1860 in Connecticut, †1935 in Pasadena) besuchte eine Kunstgewerbeschule, arbeitete als Zeichenlehrerin und entwarf Postkarten und Reklame, bevor sie um 1890 zu schreiben begann. Als Schriftstellerin, Frauenrechtlerin, Ökonomin und Soziologin unternahm sie zahlreiche Vortragsreisen an der Westküste und gründete eine Zeitschrift, die sie selbst herausgab. 1932 erkrankte sie an Brustkrebs, unheilbar. 1935, im Alter von 75 Jahren, wählte sie den Freitod.

»Die gelbe Tapete« (»The Yellow Wallpaper«) von 1892 ist ihr berühmtestes Werk. Nachdem Charlotte Perkins Gilman nach der Geburt ihrer Tochter 1885 jahrelang an Depressionen litt, verordnete ihr ein berühmter Spezialist eine »Ruhekur«, die jede intellektuelle Betätigung auf zwei Stunden täglich limitierte und ihr streng untersagte, jemals wieder zu schreiben. Nach etwa drei Monaten, kurz vor dem endgültigen Nervenzusammenbruch, kehrte sie entgegen der ärztlichen Ratschläge zu ihrem Alltag zurück und schrieb »The Yellow Wallpaper«. Sie sandte die Erzählung ihrem Arzt, der sich nie dazu äußerte, doch seine Behandlungsmethoden nach der Lektüre revidierte. © der deutschen Übersetzung Elke Link.

Elke Link (*1962) übersetzt seit zwanzig Jahren englische und amerikanische Literatur von Autorinnen wie Amy Tan, Marilyn French, Lisa See und Julia Alvarez. Sie lebt in Berg, wo sie als Jugendleiterin des örtlichen Fußballvereins und als Gemeinderätin gegen die Einsamkeit am Schreibtisch antritt.

Felicitas Hoppe

Felicitas Hoppe (*1960 in Hameln) ist als Autorin, Reiseschriftstellerin, Journalistin und Gastprofessorin in Deutschland, Europa und Übersee tätig. Sie studierte Literaturwissenschaft und Rhetorik, unterrichtete Deutsch als Fremdsprache, schrieb für Feuilletons, erhielt zahlreiche Stipendien und Preise und lebt seit 1996 als freie Schriftstellerin in Berlin. Bücher, besonders Märchen, sind für sie »wie Lebensmittel, wie ein Stück Brot, manchmal auch wie ein Glas Wein«. Sie selbst setzt sich in ihren Texten über Räume und Zeiten hinweg, folgt stattdessen der Sprache und schreibt auf unverwechselbare Art – zuweilen poetisch, manchmal surreal, oft augenzwinkernd – über Ritter, Heilige und historische Figuren, über die Liebe, das Leben und die Wirklichkeit.

»Die Sommerverbrecher« ist dem Erzählband *Picknick der Friseure* entnommen, der erstmals 1996 erschien. Für ihr Debüt erhielt Felicitas Hoppe unter anderem den Aspekte-Literaturpreis. Mit dem Preisgeld bestieg sie 1997 ein Containerschiff, begab sich auf eine Reise um die Welt und fuhr von Hamburg nach New York, durch den Panamakanal nach Tahiti, über Neuseeland und Südostasien durch den Suezkanal und zurück nach Europa. © Felicitas Hoppe 1996. Alle Rechte vorbehalten S. Fischer Verlag GmbH, Frankfurt am Main.

Sarah Kirsch

Sarah Kirsch (*1935), eigentlich Ingrid Hella Irmelinde Bernstein, wuchs in Halberstadt auf, begann eine Forstarbeiterlehre und studierte Biologie in Halle, später am Leipziger Literaturinstitut. Sie übernahm die Brüder-Grimm-Professur in Kassel sowie die Gastdozentur für Poetik in Frankfurt und wurde vielfach ausgezeichnet, unter anderem mit dem Georg-Büchner-Preis. 1960 begann sie Texte und Gedichte in Anthologien und Zeitschriften zu veröffentlichen. Ihr erster Gedichtband (*Landaufenthalt*) erschien 1967. Sie galt in der DDR als Vorzeigelyrikerin, bis sie den Protest gegen die Ausbürgerung Wolf Biermanns unterschrieb. 1977 verließ sie Ostberlin und feierte im Westen große Erfolge. Seit 1983 lebt Sarah Kirsch in Schleswig-Holstein, in selbst gewählter Einsamkeit in einem »Haus am Weltrand«. Bei aller Sesshaftigkeit ist sie als Autorin, die immer wieder auf das eigene Leben zurückgreift, noch immer unterwegs. 2010 wurde sie 75 Jahre alt.

»Merkwürdiges Beispiel weiblicher Entschlossenheit« erschien erstmals 1973 in *Die ungeheuren bergehohen Wellen auf See* im Eulenspiegel Verlag und gehört zu den *Erzählungen aus der ersten Hälfte meines Lebens*. Aus *Werke in fünf Bänden*. © Deutsche Verlags-Anstalt, München, in der Verlagsgruppe Random House, 1999.

Alice Munro

Alice Munro (*1931 in Ontario, Kanada) flüchtete sich schon früh in die Welt der Bücher, es drängte sie mit aller Macht zum Schreiben. Das Studium des Journalismus musste sie aus Geldmangel abbrechen, stattdessen heiratete sie, gebar vier Töchter und eröffnete mit ihrem Mann eine Buchhandlung. Zwischen Arbeit und Familie blieb ihr wenig Zeit zum Schreiben, weshalb sie sich auf die literarische Kurzform der Erzählung verlegte – die in ihrem Fall allerdings oft sehr lang gerät. Alice Munro ist eine Meisterin der leisen Töne. Oft beschreibt sie ganz alltägliche Begebenheiten im eher ereignisarmen Leben kanadischer Kleinstadtbewohnerinnen, scheinbar banale Mikrokosmen, die sie sehr genau beobachtet und mit Liebe zum Detail und großer Empathie für all ihre Figuren aufzeichnet. Fast immer meinen wir den Ausgang der Geschichte zu ahnen und werden noch auf der letzten Seite von unerwarteten Wendungen überrascht.

»Meneseteung« erschien zuerst 1988 in *The New Yorker*, 1990 in dem Sammelband *Friend of My Youth* und auf Deutsch 1991 in der Übersetzung von Karen Nölle in dem Erzählband *Glaubst Du es war Liebe?* bei Klett-Cotta. © Alice Munro 1990. Veröffentlicht mit Genehmigung Nr. 68'410 der Paul & Peter Fritz AG in Zürich. © der deutschen Übersetzung Karen Nölle.

Karen Nölle (*1950) lebt als freie Übersetzerin, Lektorin und Autorin in der Holsteinischen Schweiz. Zu den von ihr übersetzten Autorinnen gehören Andrea Barrett, Annie Dillard, Patricia Duncker, Doris Lessing und Barbara Trapido.

Kate Chopin
Das Erwachen

Roman

Sommerfrische am Meer, Ende des 19. Jahrhunderts: Mit
28 Jahren ist Edna Pontellier längst Ehefrau und Mutter. Ihre
Ehe scheint harmonisch, das Leben geordnet. Doch dann
verliebt Edna sich in einen anderen. Nach und nach lässt sie
alle gesellschaftlichen Konventionen hinter sich – mit fatalen
Folgen.

Band 2
Deutsch von Barbara Becker et al.
Neu bearbeitet von Karen Nölle und Christine Gräbe
Mit einem Nachwort von Barbara Vinken
gebunden, 216 Seiten
€ 16,00 (D) / € 16,50 (A) / SFr 27.90
ISBN: 978-3-942374-00-2

Joyce Johnson
Zaunköniginnen

Erinnerungen

New York in den 50er-Jahren. Joyce Johnson kehrt ihrem
bürgerlichen Elternhaus den Rücken und bricht auf, um eine
abenteuerliche Existenz als Dichterin zu führen. Doch in der
Bohème der jungen Beatpoeten werden den Frauen allenfalls
kleine Nebenrollen zugedacht.

Band 3
Deutsch von Thomas Lindquist
Neu durchgesehen von Karen Nölle und Christine Gräbe
gebunden, 376 Seiten
€ 16,00 (D) / € 16,50 (A) / SFr 27.90
ISBN: 978-3-942374-03-3

Irmtraud Morgner
Hochzeit in Konstantinopel

Roman

Nichts ist, was es scheint, auf dieser Reise, die nicht nach
Konstantinopel geht, sondern an die Adria. In die Flitter-
wochen, obwohl das Paar aus Ostberlin noch gar nicht verheiratet ist. Am Ende landet Bele, die ihrem Verlobten Abend
für Abend Geschichten erzählt, vor allem bei sich selbst.

Band 4
Mit einem Nachwort von Doris Janhsen
gebunden, 256 Seiten
€ 16,00 (D) / € 16,50 (A) / SFr 27.90
ISBN: 978-3-942374-01-9

Malin Schwerdtfeger
Café Saratoga

Roman

In den Sommern ihrer Kindheit erobert Sonja die polnische
Halbinsel Hel. Doch die Idylle endet jäh – mit der Ausreise der
Familie nach »Bundes«, wo ihr Vater Tata Arbeit bei Mercedes
findet und ihre Mutter Lilka sich schimpfend in Depressionen
verkriecht. Als Sonja endlich eine Freundin findet, wird es
Zeit für einen Neuanfang.

Band 5
Mit einem Nachwort von Martin Hielscher
gebunden, 296 Seiten
€ 16,00 (D) / € 16,50 (A) / SFr 27.90
ISBN: 978-3-942374-02-6